Os programas infantis da TV
Teoria e prática para entender
a televisão feita para as crianças

Cultura, Mídia e Escola

Os programas infantis da TV
Teoria e prática para entender a televisão feita para as crianças

Cláudio Márcio Magalhães

autêntica

COPYRIGHT © 2007 BY CLAÚDIO MÁRCIO MAGALHÃES

COORDENADORA DA COLEÇÃO
Sandra Pereira Tosta

CONSELHO EDITORIAL
Marco Antônio Dias – Universidade Livre das Nações Unidas; Tatiana Merlo Flores – Instituto de Investigación de Medias e Universidade de Buenos Ayres; Paula Monteiro – PUC Minas; Graciela Batallán – Universidade de Buenos Ayres; Mírian Goldemberg – UFRJ; Neusa Maria Mendes de Gusmão – Unicamp; Márcio Serelle – PUC Minas; Angela Xavier de Brito – Université René Descartes-Paris V; José Marques de Melo – USP e Cátedra UNESCO/Metodista de Comunicação; Joan Ferrés i Prates – Universidad Pompeu Fabra-Barcelona

CAPA
Patrícia De Michelis

REVISÃO
Dila Bragança de Mendonça e Cecília Martins

EDITORAÇÃO ELETRÔNICA
Conrado Esteves

Todos os direitos reservados pela Autêntica Editora. Nenhuma parte desta publicação poderá ser reproduzida, seja por meios mecânicos, eletrônicos, seja via cópia xerográfica, sem a autorização prévia da editora.

BELO HORIZONTE
Rua Aimorés, 981, 8° andar . Funcionários
30140-071 . Belo Horizonte . MG
Tel: (55 31) 3222 68 19
TELEVENDAS: 0800 283 13 22
www.autenticaeditora.com.br
e-mail: autentica@autenticaeditora.com.br

SÃO PAULO
Rua Visconde de Ouro Preto, 227 . Consolação
01 303-600. São Paulo-SP . Tel.: (55 11) 6784 5710

Magalhães, Cláudio Márcio
M188a   Os programas infantis da TV: teoria e prática para entender a televisão feita para as crianças / Cláudio Márcio Magalhães . – Belo Horizonte : Autêntica , 2007.
184 p. – (Cultura, mídia e escola, 1)

ISBN 978-85-7526-243-6

1.Televisão e crianças.2.Educação. I.Título. II.Série.

CDU 654.1:37
Ficha catalográfica elaborada por Rinaldo de Moura Faria – CRB6-1006

À minha vó,
primeira entusiasta e constante incentivo.
De onde estivesse.

Agradecimentos

Quando consultava alguns trabalhos acadêmicos, até pouco tempo atrás, uma coisa me intrigava: por que os autores se colocavam na primeira pessoa do plural sendo que eram únicos a assinar o trabalho? O "nós" se referia a quem? Nada como se colocar do outro lado. Ao terminar este projeto, consegui descobrir quem são os outros que compõem, comigo, esse "nós". Pelo menos no meu caso. São aquelas inúmeras pessoas que, de uma forma ou de outra, contribuíram para que este trabalho se tornasse prazeroso, enriquecedor e, obviamente, conseguisse chegar ao seu final de maneira satisfatória. Muitas vezes eles(as) nem tinham a consciência da bondade que me faziam – embora só a fizessem por ser pessoas boas. Assim, quando coloco o verbo na primeira pessoa do plural, um pouquinho dessas pessoas está assinando junto.

Aos amigos, Guta, Carla, Ricardo, Valéria, Ronaldo, Andrea, pelo simples fato de serem meus amigos. E, com isso, colocar o importante sentimento da amizade, fonte de sabedoria, em minha vida.

Agradecimentos especiais à Profa. Rousiley Maia, colega e mestre que, com suas sugestões e críticas mais do que apropriadas, foi fundamental para os rumos do trabalho. Especial agradecimento também para minha mãe Emília, meu falecido pai Márcio e meu irmão Luiz. E para Dânia, esposa e companheira, que, com o seu amor, dá sentido a tudo.

Ao colega Casal, pela empolgação e companheirismo; às mestres Vera França e Aparecida Paiva, pela sabedoria, condução e fundamentais intervenções durante suas orientações; e a todos pela confiança que nem eu, às vezes, tinha.

Obrigado, turma. Foi um prazer.

Sumário

APRESENTAÇÃO DA COLEÇÃO.. 11

PREFÁCIO – A MÁQUINA DE FAZER DÚVIDAS................ 17

INTRODUÇÃO... 21

SOBRE PROGRAMAS EDUCATIVOS,
EDUCAÇÃO E COMUNICAÇÃO... 27
O que é um programa educativo?... 27
Educação, conhecimento e comunicação............................. 33
A criança como um ser cultural e social............................... 49

TELEVISÃO EDUCATIVA, TEORIAS
DA COMUNICAÇÃO E O DILEMA DA ESCOLA..................... 55
Educadores *versus* comunicadores.. 60
A trajetória das TVEs e as interações comunicativas........ 67
As mudanças na programação das TVEs............................. 75

APRESENTADORA X SÉRIES? CARACTERIZAÇÃO
E CONTEXTUALIZAÇÃO DOS PROGRAMAS
INFANTO-JUVENIS... 85
Modelo *Castelo Rá-Tim-Bum* e *Cocoricó*: séries com
núcleo dramático... 85
Modelo *TV Xuxa* e *Angel Mix*: apresentadora + desenhos..... 91
Angel Mix e *TV Xuxa*: entretenimento e formação
de público.. 98
Castelo Rá-Tim-Bum: o projeto liberal e
conservador da TV Cultura 100
A audiência.. 102
O investimento e as limitações.. 104
História, educação e comunicação.................................. 108

"DROGA DE VIDA": O QUE OS PROGRAMAS DESEJAM?... 115
O entretenimento.. 116
A busca pela atenção: o que pedem em troca?.............. 120
Quais os valores dos programas?..................................... 131

OS PROGRAMAS INFANTO-JUVENIS E O OUTRO:
AS IMAGENS E AS REPRESENTAÇÕES SOBRE O PÚBLICO..... 139
Como os programas percebem seu público?................. 142
A comercialização... 145
A sensualidade.. 148
A festa de *TV Xuxa* e o espetáculo
teatral de *Castelo Rá-Tim-Bum*... 151
Programas educativos para educados?............................ 158
Propostas pedagógicas... 162

CONCLUSÃO... 169

REFERÊNCIAS... 175

Apresentação da Coleção

Sandra Pereira Tosta[1]

Com este livro, *Os programas infantis da TV – Teoria e prática para entender a televisão feita para a criança*, a Editora Autêntica, coerente com sua preocupação em abrir espaço para as publicações que se apresentam nas interfaces do conhecimento, inaugura a coleção **Cultura, Mídia e Escola**. Interface que representa um campo profissional emergente e um novo espaço teórico capaz de fundamentar práticas de formação de sujeitos conscientes e efetivos cidadãos.

Sabemos que a constituição desse campo é uma tarefa complexa e permanente, pois exige o reconhecimento das culturas como expressão da sociedade em suas várias esferas. Entre elas, a da mídia como um lugar de produção cultural, de informações que viabilizem conhecimentos. Portanto, de educação, que condiciona e influencia, juntamente com a escola e outras agências de socialização, o processo de formação dos indivíduos em seus contextos sociais.

Pois bem, creio ser indiscutível a importância desse espaço que está sendo aberto pela Editora Autêntica para divulgação de pesquisas, ensaios teóricos e produções solo que abordem as culturas contemporâneas traduzidas nos

---

[1] Professora da PUC-Minas, coordenadora da Coleção Mídia, Cultura e Escola.

múltiplos modos de vida e de cultura *urbana* e *rural*. Modos que caracterizam a população ou grupos da população brasileira e de outros países, em suas organizações e dinâmicas. Sem perder de vista como essas dinâmicas influenciam a educação (formal e não formal) e interferem diretamente nos processos de escolarização.

Essa é uma interface que tem provocado muitos questionamentos e estimulado muitos pesquisadores e/ou profissionais da antropologia, da educação, da mídia e de outras áreas afins. Basta darmos um passeio pelas produções que são apresentadas nas organizações e eventos científicos, como Associação Brasileira de Antropologia (ABA), Associação Nacional de Programas de Pós-graduação em Ciências Sociais (ANPOCS), Associação Nacional de Programas de Pós-graduação em Educação (ANPED), Sociedade Brasileira de Ciências da Comunicação (INTERCOM) e Associação de Programas de Pós-graduação em Comunicação (COMPÓS), para constatarmos o grande número de pesquisas e ensaios teóricos que abordam e problematizam a relação cultura, escola e mídia.

Sem falar das experiências de inúmeras ONGs que atuam nessa área e que muito têm contribuído para dar visibilidade a práticas culturais de educação e comunicação, seja nas escolas, seja em outros espaços.

Além do mais, tanto nos cursos de formação de professores quanto nos cursos de comunicação, já é possível notar a preocupação com o necessário diálogo entre esses campos, ainda na graduação. A realidade social tem revelado, já faz muito tempo, que não é mais possível pensar processos de escolarização e de socialização, principalmente de crianças, adolescentes e jovens, descolados da compreensão das culturas e da cultura da mídia. Essa realidade não só se mostra como solicita respostas.

Nessa perspectiva apresentamos a você, leitor, o livro de Cláudio Márcio Magalhães, jornalista e pesquisador do campo comunicação e educação, que nos brinda com uma consistente e inovadora pesquisa sobre essa interface, abordando programas infantis em TVs educativas e comerciais em suas distinções e semelhanças como possíveis recursos educacionais.

Programa educativo é o da TV educativa?

O que são TVs educativas e TVs comerciais? Que relações podemos estabelecer entre educação, conhecimento e comunicação? Que lugar ocupa a TV na educação de crianças? TV educativa implica a interação entre profissionais da educação e da comunicação ainda em seus percursos formativos? Estarão eles harmoniosamente trabalhando em prol de uma educação e de uma TV de qualidade? O que distingue programas como *TV Xuxa* e *Castelo Rá-Tim-Bum*? Em que teorias pedagógicas se apóiam esses programas?

Bom, de imediato, o leitor poderá se perguntar: Mas *TV Xuxa* é um programa educativo? Ele não é um programa da rede Globo? O que torna, então, um programa educativo?

Essas são algumas das questões que este livro nos coloca. Muito oportunamente, em ótima hora, pois é urgente a instauração desse debate, orientado pela interface entre educação e mídia, escola e TV, sem os velhos ranços e disputas em determinar quem educa mais ou quem educa menos. Como resume Joan Ferrés (1996, p. 9), citada neste livro:

> Se uma escola não ensina a assistir à televisão, para que mundo está educando?[...] Quais os símbolos que a escola ajuda a interpretar hoje? Os símbolos de que cultura? Se educar exige a preparação dos cidadãos para uma integração reflexiva e crítica na sociedade, como serão integrados cidadãos que não estiverem preparados para realizar de forma crítica aquela atividade à qual dedicam a maioria do seu tempo?

Essa mesma pesquisadora acrescenta que vivemos um período crucial para a educação, mas, nem por isso, inédito.

Quando no Ocidente a letra impressa era a forma de comunicação cultural hegemônica, havia milhões de analfabetos. Hoje em dia, quando a forma de comunicação cultural hegemônica é a imagem, solucionou-se quase totalmente o problema do analfabetismo, mas há grandes massas de analfabetos na imagem.

E não pode haver uma sobreposição de uma dimensão (escola) em detrimento de outra (mídia), já que a relação está exatamente no "entre"; entre os sujeitos interlocutores, mas também além deles, entre todos os fatores e dimensões que participam do ato comunicativo, na interação dessas mesmas dimensões, explica Cláudio Márcio Magalhães.

Sobre isso, Carlos Eduardo Brandão (1995) reitera a inserção do homem em sua sociedade, e o caminho semelhante por que passam o ato de educar e o de comunicar ao relembrar que a educação do homem existe por toda parte, inclusive nos meios de comunicação de massa, como anunciou o canadense, M. McLuhan, na década de 50. E muito mais do que escola, a educação é o resultado da ação de todo o meio sócio-cultural sobre os seus participantes. É o exercício de viver e conviver que educa.

Assim, diferentemente de certo pensamento que separa escola e mídia, como se a primeira fosse inteiramente distinta e independente da segunda, o jornalista Cláudio Márcio Magalhães retoma as duas como as principais práticas de sociabilidade de que o homem tem notícia e que, historicamente, andam se estranhando. Paradoxalmente, muito mais pelo que elas têm em comum do que pelo que têm de diferente.

Este dilema é a base inicial para a principal discussão de seu livro: o que seria um programa educativo na TV? Afinal, deveria estar nele o encontro destas duas práticas sociais – comunicação e educação. Será um encontro convergente ou divergente?

Em lugar de operar com um pensamento maniqueísta que simplifica a relação educação/comunicação, atribuindo à primeira somente benefícios e à segunda a responsabilidade por todas as mazelas da sociedade contemporânea, neste livro, resultado de sua dissertação de mestrado em Comunicação da UFMG, o autor mostra como tais acusações recortam o momento imediato e deixam de perceber a TV como um instrumento de extensão do homem e mantenedora das relações sociais, co-habitando com a criança e o adolescente.

À medida que discute o que é educação e comunicação em suas múltiplas possibilidades de entendimento, o autor vai tecendo e entrelaçando pontos comuns sobre ambos os campos e práticas profissionais. De modo semelhante, educação e comunicação são objetos de inúmeras e infindáveis (in)definições.

Afinal, temos mais semelhanças que diferenças!!

A criança como um ser cultural e social não é esquecida neste livro, e, embora o autor não vá responder, ainda, como elas lidam com os programas educativos[2], ele discorrer sobre algumas hipóteses no sentido de fornecer mais elementos para o enriquecimento da análise proposta.

Se *Xuxa* e *Castelo Rá-Tim-Bum* se colocam como programas com instrumentos educativos, como tal, comportam uma análise no campo do pedagógico. Cabendo, pelo menos, uma pergunta: tais programas são baseados em que teoria pedagógica? Se mantêm propostas educativas, importa

---
[2] Pesquisa realizada pelo autor para sua tese de doutorado, desta feita em educação, concluída no ano de 2005 e que em breve será publicada nesta Coleção.

entender suas propostas pedagógicas; importa entender como os programas vêem seus "educandos".

Em sua pesquisa, Magalhães argumenta que Angélica e Xuxa enxergam seus "educandos" como a "escola tradicional" enxerga seus alunos. Já *Castelo* e *Cocoricó* são puros "nova escola" e percebem seu público como o novaescolismo vê seu estudante! Desenvolvendo sua análise, Cláudio Márcio Magalhães, estende aos programas analisados as críticas, positivas ou negativas, que são feitas a essas teorias pedagógicas.

Por um lado, *Castelo Rá-Tim-Bum* pode ser considerado elitista, a favor da desigualdade social e incentivador da divisão de classes, com sua linguagem sofisticada e variedade infinita de subjetividades. Por outro lado, *TV Xuxa* pode até ser considerado progressista. Afinal, trata seu público homogeneamente, todos são iguais. Mesmo o incentivo ao consumo de sua griffe não pode ser caracterizado como sintoma de separação de classe, uma vez que envolve outros elementos complexos, como a possibilidade de consumo dos pais.

Afinal, em lugar de entronar uns e destronar outros, quando falamos de TV e escola, tal análise serve para ilustrar as distinções entre ambas, demonstrando que são projetos pedagógicos próprios e carregam consigo todos os dilemas, contradições e características sócio-históricas de seu tempo, espaço e linguagem. Tal proposição, sem dúvida, favorece as reflexões de que a distinção entre os programas educativos e os não-educativos não podem ser rotulados de acordo com sua emissora de exibição, sua autodenominação, sua ligação com o mercado ou seu formato. Programas podem ser mais consistentemente analisados conforme suas propostas pedagógicas.

Vale a pena conferir, este e outros títulos que virão!

PREFÁCIO
A máquina de fazer dúvidas

Gabriel Priolli

Devo deixar o meu filho assistir à televisão livremente, sabendo que ele estará exposto a um volume enorme de informações e que boa parte delas não será adequada para a sua formação moral e intelectual? Ou devo controlar o seu consumo, incentivando-o a ver os programas educativos e proibindo tudo aquilo que considero negativo? Não será muito mais útil para ele uma programação educativa do que o mero entretenimento? Ou estarei sendo apenas um chato autoritário ao negar-lhe os programas que ele quer ver, já que televisão é apenas diversão, e cultura mesmo não será ali que ele receberá?

Não há pai, com um mínimo de responsabilidade, que não se coloque essas questões. São dúvidas certamente mais evoluídas do que aquelas que agoniaram as gerações anteriores, para as quais a televisão era um monstro tão perverso que desde logo fazia mal à vista e provocava danos cerebrais. Mas nem por isso são preocupações menos agudas. Sobretudo naqueles lares, tão típicos dos tempos que correm, em que o casal trabalha, e as crianças ficam muitas horas sozinhas diante do televisor, sem qualquer mediação adulta para os conteúdos que se vão sedimentando em sua mente. É torturante imaginar que uma caixa de sons e luzes possa ter mais influência sobre os nossos filhos do que a nossa palavra e os nossos gestos.

Pois são essas questões que Cláudio Márcio Magalhães nos ajuda a enfrentar, neste meticuloso trabalho sobre dois modelos distintos de televisão infantil: aquele dito "educativo", praticado prioritariamente em emissoras estatais, e aquele tido por "comercial", predominante nas emissoras privadas. Colocados usualmente em oposição, como se as características de um excluíssem as do outro, na verdade, eles apresentam muito mais convergências do que se pensa. E para a intranqüilidade daqueles que buscam respostas fáceis para problemas complexos, o rótulo "educacional" não garante necessariamente mais conteúdo a nenhum programa infantil, assim como a chancela "comercial", por si só, não o desqualifica.

É no rumo da desmistificação dos conceitos arraigados sobre TV e criança que Magalhães envereda, enriquecendo um debate que, em geral, peca pelo maniqueísmo. Sua tarefa começa na própria definição de "programa educativo", analisada aqui em todas as suas fragilidades, para demonstrar-se limitada e imprecisa. Avança pela evolução histórica da televisão educativa, flagrando as incoerências atuais entre discurso e prática de um modo de produção, que afirma repudiar as injunções do mercado, mas que cada vez mais busca no financiamento da publicidade comercial o lastro econômico para sobreviver. E culmina no exame detalhado de dois produtos exemplares – *Castelo Rá-Tim-Bum* e *TV Xuxa* –, extraindo de sua dissecação uma certeza: a de que educação e diversão podem coexistir na televisão infantil, seja ela estatal ou privada, e que a fórmula ideal talvez esteja no equilíbrio desses elementos.

Repleto de informações úteis e de interpretações ricas, este livro tem uma vantagem adicional: é obra de autor "anfíbio", imerso simultaneamente na prática televisiva e na reflexão acadêmica. Sua paixão não está no mero fazer, embora esteja, sobretudo, nele, e de forma indisfarçável. Também não está no simples pensar, ainda que haja aqui muita maturação de teorias e idéias. Está, claramente, na perspectiva de um saber instrumental, operativo, criador, que transcende as masturbações sociológicas ou semióticas para fazer-se agente de transformações reais na televisão, para produzir resultados. Pois, ao contrário de tantos trabalhos que demonizam a TV e quem a faz, este pode – e deve – ser lido por quem quer compreendê-la bem, para fazê-la melhor.

Introdução

Não há como negar a importância da TV para a formação do público infanto-juvenil[1]. Conforme a psicanalista e jornalista Maria Rita Kehl (1999), a linguagem da televisão, pelas suas características de rapidez, constância, indiferença qualitativa entre as imagens mais diversas e, principalmente, por sua inserção sem descontinuidade no cotidiano das pessoas, pode condicionar uma forma de pensar e de representar o real. A criança, em particular, estaria ainda mais exposta a esse condicionamento, uma vez que o seu olhar é o primeiro aparato para a apreensão do mundo. Pela via do olhar e das identificações é que se dá início às novas apreensões e à construção de sua "metrópole", que será a sua identidade pessoal.

> Olhar que funciona sempre como antecipação da relação com o objeto, pois capta sua imagem antes – antes de quê?, antes que a palavra o nomeie, o corpo

---

[1] A definição de público infanto-juvenil que estarei utilizando por todo este trabalho se refere à faixa etária que envolve as crianças na fase pré-escolar (5-6 anos) até a adolescência (15-16 anos).

o possua, antes que a própria ausência obrigue a criança a simbolizá-la. (KEHL, 1999, p. 61)

Para Joan Ferrés (1996), a televisão é um "objeto total", que não frustra, não se ausenta, não abandona, tranqüiliza tensões internas, minimiza os desejos não realizados – quando não os anula. Não permite dúvidas nem à angústia. O autor a compara com um totem ("objeto de veneração e reverência, símbolo de identificação individual e coletiva") ou mesmo com a mãe que ocupa um lugar de destaque e referência dentro do lar, está sempre à disposição, dia e noite, alimenta o imaginário infantil com suas histórias também imaginárias; é um refúgio nos momentos de frustração, tristeza e angústia e, "como uma mãe branda, nunca exige nada em troca" (FERRÉS, 1996, p. 7). Não consigo imaginar essa televisão na porta do quarto da criança e do jovem seduzindo-o com um "ligue-me e deixe seus brinquedos de lado para que possamos brincar de 'siga o chefe'. Eu começo!" Como televisões não andam sozinhas, e geralmente crianças não são fortes o suficiente para carregá-las, alguém as colocou lá. Da mesma maneira não é possível aparelhos de TV se reproduzirem espontaneamente em algum submundo qualquer e invadir os lares em busca do domínio das mentes inocentes e infantis. Geralmente, as televisões só entram nos lares quando convidadas – levando-se em conta que, ao contrário de uma visita social, neste caso pagamos para que nos visite. E, com exceção da utilização de um *timer* (ainda que programado), geralmente elas nem conseguem se ligar sozinhas.

Como disse a própria Kehl (1999, p. 62), "a relação da criança com a televisão também é determinada pela ordem que a cerca", assim como a fantasia é estritamente social. "As fantasias infantis são tentativas de a criança metabolizar o social, a ordem, a lei" (CABAS *apud* KEHL,

1999, p. 62). Um social em que a mãe é ocupada, o pai ausente, a cidade sem espaços seguros de convivência, as comunidades verticalizadas sem áreas de lazer; o isolamento familiar, a violência e os contrastes sociais tornam-se referências da sociedade.

No entanto, as questões da criança sobre si mesma e sobre o mundo que a cerca não deixam de ser formuladas porque os pais não estão presentes ou a sociedade não é justa. A televisão, então, se dispõe a responder à elas. Oferece-se sem pedir nada em troca, respondendo-lhe às dúvidas e financiando as suas novas construções.

Características importantes credenciam a abertura da temporada de caça à televisão. A TV é acusada de todos os males: alienação, vício, estagnação, entre outros. As acusações recortam o momento imediato e deixam de percebê-la como um instrumento de extensão do homem e mantenedora das relações sociais. Também, e quase que principalmente, entre o jovem, sua sociedade e vice-versa. A televisão é tida como uma precursora, como se viesse do nada e ocupasse um espaço no qual é uma alienígena. Precursor, no entanto, é o meio onde ela, televisão, está inserida, "co-habita" com a criança e o adolescente.

É uma questão complexa. Interessa-nos aqui apenas uma peculiaridade desta ampla discussão sobre televisão e público infanto-juvenil: os programas ditos educativos e suas propostas interlocutivas.

O "dito educativo" é proposital e provocativo. As distinções que poderiam explicar as diferenças entre o que é e o que não é um programa educativo são tênues e carregadas de pressupostos e preconceitos. No entanto, essas distinções não resistem ao confrontamento com um contexto social mais amplo. O que é aparentemente distinto e polarizante tem mais elementos comuns do que se imagina.

As distinções estariam mais na trama social e em suas relações do que no primeiro e simplificado olhar.

Distinções, pontos em comum, o que é visível e o que não é visível nos programas educativos e infanto-juvenis serão analisados por um enfoque diferenciado neste trabalho. Entramos na especificidade de dois dos modelos mais significativos da programação da televisão brasileira voltados para o público infanto-juvenil: o formato "apresentadora-auditório-desenhos" e os ditos educativos em emissoras idem. A década de 1990 foi rica em exemplos, tanto de um lado quanto de outro, pela consolidação de apresentadores como Xuxa, Angélica e Eliana, assim como o aparecimento de programas como *Castelo Rá-Tim-Bum* que, fora das grades de programação das emissoras comerciais, ganhavam audiência, além de prêmios. A análise dos programas como *TV Xuxa* e *Castelo Rá-Tim-Bum* – que são paradigmáticos de tendências distintas que deram continuidade e hoje orientam a programação infanto-juvenil da televisão brasileira – pode oferecer elementos para a ampliação da discussão sobre a natureza, a proposta interativa e o quadro de referências simbólicas que permeiam os programas educativos. Ou seja, onde se lê *TV Xuxa* pode-se enxergar todos os programas das emissoras comerciais em que uma apresentadora traz para si a imensa responsabilidade de entreter um público infanto-juvenil por longos períodos, com uma mistura de programa de auditório, reportagens e dramatizações curtas e séries de desenhos animados. Assim também, quando se lê *Castelo Rá-Tim-Bum* (ainda em exibição, mesmo sem novos episódios), atuais programas produzidos por emissoras educativas se baseiam na mesma pretensão "educativa" que norteou a série da TV Cultura de São Paulo.

Essa reflexão tem como pano de fundo o cruzamento dos debates – e dos caminhos – trilhados pela Comunicação (numa perspectiva relacional e de resgate da circularidade) e Educação (pelos atalhos das teorias da aprendizagem e pedagógica). O objetivo é repensar conceitos – e preconceitos –, alinhavar idéias e abrir novas trilhas para uma melhor compreensão do real papel de "construtora" da TV e seus programas infanto-juvenis na ocupação do "deserto" da criança e do jovem. Propor uma nova discussão em que a TV possa deixar de ser a vilã da infância brasileira e vislumbre uma potencialidade de construir edificações cidadãs, preocupadas com o desenvolvimento do jovem telespectador, aliadas à sociedade que as mantém e lhes fornece as matrizes ideológicas e sociais.

Sobre programas educativos, educação e comunicação

O que é um programa educativo?

A distinção comum entre um "programa educativo" e um "não-educativo" é muito mais uma classificação genérica, uma autodenominação, um discurso do que uma proposta comunicativa, um conteúdo informativo, uma estrutura formal ou um suposto projeto pedagógico.

Vejamos o que o tal senso comum acredita ser um programa educativo:

1) É aquele transmitido ou produzido por uma emissora educativa estatal (mantida com recursos públicos, como TVE e TV Cultura de São Paulo) ou educativa privada (sem fins lucrativos e que se autodenominem como tal – Canal Futura, TV Senac), como se o programa presente nas suas grades de programação já contivesse uma espécie de "selo de garantia" confirmando sua vocação educativa.

2) Não tenha um vínculo com o mercado de consumo, com a sua utilização como estratégia de venda de produtos.

3) Difere do modelo tradicional de programas para o público infanto-juvenil com um(a) apresentador(a) comandando um espetáculo de variedades com desenhos, gincanas, entrevistas, brincadeiras e presenciado por uma platéia de crianças e adolescentes.

4) É aquele auto-intitulado como educativo, embora veiculado em emissoras comerciais, como *Globo Ciência, Globo Ecologia* e *Telecurso 2000*.

Não estariam todos os "programas educativos" que conhecemos dentro desses pressupostos? No entanto, são suficientes para contradizer a si mesmos.

Vamos às contradições:

1) "Programas educativos são os produzidos e transmitidos pelas emissoras educativas."

Como explicar a migração de programas de emissoras ditas educativas para as ditas comerciais? Foram exibidos por emissoras comerciais, nos últimos anos, vários projetos que freqüentavam a grade da TV Cultura de São Paulo, como o *Mundo de Beakman* na Record, *Doug* no SBT, *Confissões de Adolescente* na Bandeirantes, este co-produzido pela própria emissora pública, sem contar com inúmeros outros que estão presentes tanto em sua grade de programação quanto em outras opções nas TVs por assinatura. Esses programas deixaram de ser educativos porque mudaram de emissora? É óbvio que não.

Por outro lado, o que filmes de Hollywood estarão fazendo na grade do Canal Futura? No programa *Cine Conhecimento*, essas produções são interrompidas a cada intervalo com um apresentador que contextualiza o enredo da produção com a história do país em que se desenrola a história. Uma utilização inusitada de um produto originalmente comercial para a transmissão de conhecimento. Os

Teletubbies migraram da Globo para a Cultura, videoclipes fazem parte da programação educativa, e até uma tradicional apresentadora de programas de auditório de emissoras comerciais, Silvia Popovic, hoje bate cartão na Rede Cultura. Assim, qual a resposta mais adequada: esses programas tornaram-se educativos, sempre foram ou depende?

Programas como *Disney Club (TV Cruj)*, *Bom Dia & Cia* (SBT), *Eliana e Alegria*, *Vila Esperança* (Record), *Angel Mix* (Globo) e os vários da Xuxa são exemplos de programas infanto-juvenis que contaram com parte da equipe original da TV Cultura de São Paulo quando da produção do *Castelo Rá-Tim-Bum* e contêm elementos e quadros que poderiam classificá-los como educativos pelo menos em alguns momentos. No entanto, não há contestação quanto ao caráter educativo de *Vila Sésamo* e *Sítio do Pica-Pau Amarelo*. Só que ambos também foram produzidos e transmitidos pela Rede Globo.

Portanto, parece que a resposta à questão proposta não está na origem nem no local de exibição desses programas.

2) "Programas educativos não têm vínculo com o mercado de consumo."

O que diferencia, quanto ao mercado de consumo, estes programas: (a) *Angel Mix* e *TV Xuxa*, da Rede Globo, acusados de servir como uma espécie de *show-room* para os produtos das suas apresentadoras; (b) *Castelo Rá-Tim-Bum*, que tinha o patrocínio dos *cereais do Castelo Rá-Tim-Bum* e exibia nos intervalos o mesmo comercial dos lápis Faber-Castell das emissoras não-educativas; (c) Cocoricó, cujos produtos licenciados arrecadaram mais de um milhão de reais em 2005; (d) a atual programação da Cultura com intervalos entremeados de propagandas de produtos para crianças e Casas Bahia[1]? Embora os DVDs do *Cocoricó* tenham sido os mais vendidos de 2005, os produtos das emissoras educativas não se aproximam do volume de negócios dos produtos licenciados por apresentadoras como Angélica e Xuxa. Nada contra arrecadar dinheiro com o licenciamento de produtos, o que demonstra o óbvio de que a diferença entre os programas também não está na quantidade e na qualidade dos produtos nas prateleiras das lojas.

3) "Programas educativos fogem do modelo apresentador(a) – desenhos – auditório'."

Não há como garantir que, somente porque há um(a) apresentador(a) animando um auditório com jovens, um programa não se encaixe como educativo. Esse modelo é tradicional. A história dos programas infantis no Brasil foi sempre pautada por esse formato, inspirado nos programas de auditório de rádio e no circo. O início foi com o *Circo do Carequinha*, nos anos 1950 e 1960, depois as diversas "tias" nas emissoras regionais nos anos 1970 e 1980, como a Tia Dulce, da TV Alterosa, em Belo Horizonte, e programas comandados por crianças, como *Balão Mágico* nos anos 1980. Precursor do modelo *Xuxa* dos anos 1990, esse formato sempre esteve presente na TV brasileira, concorrendo com programas temáticos como *Vila Sésamo* e *Sítio do Pica-Pau Amarelo*.

A facilidade de produção é, para as emissoras, a principal vantagem desse tipo de formato e, nesse sentido, não

---

[1] Pela legislação brasileira, as emissoras que têm concessão denominada "educativa" não passam por concorrência pública e são concedidas diretamente pelo Ministério das Comunicações e, portanto, não podem veicular nenhum tipo de publicidade, patrocínio e qualquer tipo de comercialização de seus espaços, direta e indiretamente. Essa questão será melhor explorada em "Apresentadora x séries? Caracterização e contextualização dos programas infanto-juvenis".

está necessariamente ligado à sua proposta: ser educativo ou ser comercial. É só mais fácil e mais barato.

O Canal Futura, auto-intitulado educativo e pertencente às organizações Globo, mantêm em sua grade de programação o *Tá Ligado?*, um programa de perguntas e respostas, de gincana entre escolas, com a presença de torcidas organizadas no auditório, mediado por um jovem ator da Rede Globo e uma banca de professores no júri. Embora as perguntas sejam mais elaboradas que as gincanas dos programas tradicionais, esse exemplo mostra que o formato também não é o que diferencia os programas educativos dos demais.

4) "Programa educativo é aquele assim autodenominado."

Globo Ciência, *Globo Ecologia*, *Telecurso 2000* são programas educativos? Poucos dirão que não, mas se forem, somente cumprem a função de transmitir conhecimento? Ou atendem uma demanda específica de um determinado público interessado em um produto que fale de ciência, de ecologia e forneça a sensação de conhecimento amplo? Se for assim, esses programas não serão também produtos comerciais, patrocinados por empresas com "selos ambientais" e produtos que "não agridem a camada de ozônio"? Não estarão igualmente gerando subprodutos como apostilas de complementação e revistas especializadas? Não estariam atendendo uma demanda de mercado que fez dos produtos de educação os de maior crescimento depois do Plano Real?[2] Em uma emissora nacional e comercial,

---

[2] "A educação contou com o maior índice de mudança no comprometimento da renda depois da estabilização da moeda". Estudo *O Brasil do Real*, apresentado pela publicação Listening Post, da Standard Ogilvy & Mather. (SANT'ANNA, 1997, p. 38).

onde se pretende atingir as mais diferentes camadas da população, programas como esses não visam, igualmente, cobrir uma demanda de público, mesmo pequena, e como tal cumprir sua pretensão?

É claro que todos esses programas podem ser vistos por uma ótica limitada, que os considera não-educativos ou comerciais.

Assim também, não estará no seu discurso tautológico, de autodenominação, a distinção do programa educativo dos demais.

Depois dessa contra argumentação, corremos o risco de chegar a uma conclusão errônea: sob um ponto de vista crítico, não haveria distinção significativa entre os programas comerciais e os educativos. Esta também não é a resposta.

Há a distinção, e os programas educativos têm suas próprias características. Só que essa distinção não passa pela genérica classificação usada e descrita anteriormente, mesmo porque suas próprias argumentações são contestadas no cotidiano das programações das emissoras, tanto educativas quanto comerciais. Assim como existe distinção entre distrair e educar: educar como formar e incitar o conhecimento e distrair como algo que, em primeiro plano, busca o entretenimento, o jogo com finalidade em si mesmo, o "passatempo", que não extrapola significativamente a experiência naquele momento. Distrair, por sua vez, não pode ser confundido inteiramente com divertir. Divertir está mais próximo da interação contextual necessária para educar, uma vez que se precisa de participação integral do sujeito, com seus valores, experiências, desejos, subjetividades. Divertir está ligado ao prazer, e o prazer está ligado ao íntimo complexo do indivíduo. Distingue-se, assim, da quase esterilidade de nossos sentidos e experiências na distração. Distração como uma espécie de "desligamento" do contexto à sua volta. Na distração é preciso, ao contrário da interação da diversão, se "desintegrar" do cotidiano, dos desejos, das subjetividades (embora ainda seja necessária a experiência).

Portanto, o programa educativo deve ser aquele capaz de divertir, de interagir com o telespectador em geral (e com a criança em particular) de uma maneira mais complexa, prazerosa, despertando-lhe os sentidos em conjunto com a reflexão, agregando informações ao seu cotidiano, reforçando conhecimentos apreendidos na educação formal, produzindo experiências interdisciplinares e extemporâneas.

Tudo isso deve contribuir para a sua formação pessoal, tanto educacional quanto social, sintonizando-a com a malha social em que está inserido.

Educação, conhecimento e comunicação

A resposta sobre o que é um programa educativo na televisão deve tentar unir duas fontes e descobrir uma forma única de enxergar a educação e a comunicação.

Não é uma teoria original, uma vez que nos estudos mais recentes há uma tendência importante de demonstrar a inexistência de intervalo entre educação e comunicação. Afinal, ambas são áreas que buscam estudar as mediações entre o homem e o mundo; além disso, cumprem papéis semelhantes na formatação e na fundamentação da ação social do homem, bem como na extensão de seus sentidos.

Educação e aprendizagem

É certo que não iremos abordar a educação como instituição. Os conceitos de escola, professor, aluno e das demais práticas da sociedade, que envolvem teorias de ensino e desenvolvimento, embora importantes, são condicionados a fatores culturais e sociais. O recorte deve ser mais amplo e pretende aproximar o ato de comunicar do ato de aprender, atos atemporais e universais ao ser humano. Então, o que seria educação? Uma pergunta aparentemente simples. Todos acreditam ter um certo domínio do tema. Já não bastasse a presença da palavra "educação" em nosso cotidiano, geralmente associada à escola dos filhos, ao comportamento moral ("falta de educação"), ao treinamento e às especializações profissionais, trata-se de uma questão atual: educação tornou-se também uma palavra de ordem e sinônimo de parâmetro social. Se o indivíduo, ou o país, a tem, boa parte dos problemas estarão resolvidos; se não, estão à beira do precipício.

O estudo da educação é antigo e nem sempre está associado à idéia de escola, principal signo que nos vêm à mente quando entramos no tema. A escola – instituição física, com salas de aula, alunos e professores – é uma invenção relativamente recente do homem. Não é ela que nos interessa. O que se busca é o recorte contemporâneo e sua inserção na procura da compreensão de como o homem aprende e apreende. E, neste momento, a comparação com as teorias da comunicação é fator de interesse desta pesquisa.

Certamente palavras como "escola", "conhecimento", "ensino", "professor", "aluno" e "estudante" estarão em algumas das inúmeras definições que poderiam surgir sobre o que é educação. É fácil explicar o que é educação, mas há uma ampla variedade de respostas e uma dificuldade em achar um consenso, porque, para todo grande tema não se encontra uma só definição, o que não deixa de ser normal. Conforme Luiz Eduardo Soares (1994, p. 12), "sempre que se trata de sentido, de linguagem, estamos condenados às limitações impostas pelo horizonte que resulta da projeção de nossa pré-compreensão, determinada pelas tradições, com as quais não cessamos de dialogar." Conforme o autor, a interpretação estaria dependente de pressuposições próprias do mundo individual, da tradição histórico-cultural do sujeito, dos instrumentos metodológicos utilizados pelo observador e pela sua imaginação produtiva.

Mesmo falando sobre processos comunicacionais, o pensamento de Soares não resumiria o processo de como nós conhecemos o mundo? E, como tal, não seria, também, uma definição de um processo educacional? Não é só neste momento que a educação e a comunicação vão se confundir.

A história da educação contemporânea é semelhante às diversas histórias de desenvolvimento da ciência. Pesquisadores como Piaget, que iniciou seus trabalhos nos anos 1940, só foram considerados com seriedade nos anos 1960. Traçando um primeiro paralelo, podemos buscar os estudos sobre comunicação dos cientistas de Palo Alto, escola americana que desenvolvia a corrente chamada de "interacionismo simbólico" na mesma época dos estudos de Piaget e igualmente ignorados (no que tange aos estudos da comunicação) em grande parte dos anos 1940 a 1960. John Phillips ratifica que as teorias de Piaget só despertaram interesse bem depois de formuladas. "A psicologia, especialmente nos Estados Unidos, estava dominada, na época, por teorias associativas de aprendizagem e por psicometria de orientação do conteúdo" (PHILLIPS, 1971, p. 7). Ainda segundo o autor, as teorias de Piaget seriam cognitivas. A diferença entre as teorias cognitiva e associativa é que a primeira se interessa especialmente pelos processos centrais de organização em animais superiores de um modo que o animal se torne ator e não simplesmente reator do ambiente. As teorias associativas estabelecem a relação entre um estímulo a uma reação e vice-versa.

Nos anos 1930 e 1940, enquanto os estudos teóricos da comunicação privilegiavam a Teoria da Informação com a sua linearidade da fórmula "emissor-mensagem-receptor", reinavam, na educação, as experiências de Pavlov com demonstrações da teoria estímulo-resposta. (WOOD, 1996, p. 3) De Pavlov, surgiram diversas teorias de aprendizagem. Os psicólogos tentavam descobrir leis que pudessem levar à formulação de uma teoria inspirada em conceitos matemáticos para a aprendizagem. Chamadas de "psicologia E-R" ou "teoria de aprendizagem", buscavam fórmulas que pudessem prever as relações entre as *condições* e os *resultados* da aprendizagem. O enfoque teórico era baseado em fenômenos observáveis e manipuláveis, explorando relações objetivas.

Nesse sentido, desenvolviam-se as teorias norte-americanas de comunicação, bem próximas desses enfoques. Carlos Araújo (1996) explica como a Teoria Hipodérmica traduz diretamente o paradigma informacional em que "cada indivíduo é diretamente atingido pela mensagem veiculada pelos meios de comunicação de massa [...]. Sua preocupação básica é justamente com esses efeitos". O autor ratifica a proximidade dessa teoria com a psicologia E-R quando afirma que ela é, também, elaborada "a partir da psicologia behaviorista" (ARAÚJO, 1996, p. 76).

Um dos objetivos dos estudos em ambas as áreas, educação e comunicação, era fugir de questões subjetivas como "curiosidade" e "interesse", que não pudessem ser quantificadas e classificadas objetivamente.

No entanto, L. S. Vigotski, pesquisador russo do final dos anos 1920 e início dos 1930, já questionava fortemente essas teorias. Vigotski tinha severas críticas aos métodos de análise dos elementos isoladamente, como buscavam as teorias baseadas em fórmulas estanques. Afirmava que, assim como o hidrogênio e o oxigênio, dois elementos inflamáveis que compõem a água que apaga o fogo, não se pode ter o estudo isolado de cada um dos seus elementos (hidrogênio e oxigênio; estímulo e resposta; emissor, mensagem e receptor) como solução para os problemas (VIGOTSKI, 1996, p. 3).

> A psicologia encontra-se no mesmo beco sem saída quando analisa o pensamento verbal em seus componentes, o pensamento e a palavra, e os estuda isoladamente. No decorrer da análise, as propriedades originais do pensamento verbal desaparecem. (VIGOTSKI, 1996, p. 3)

Vigotski acreditava que as análises devem ser feitas em *unidades*. Embora possa parecer contraditório, o autor remete o conceito de *unidade* "a um produto de análise, que, ao contrário dos elementos, conserva as propriedades básicas do todo, não podendo ser dividido sem que as perca" (*ibidem*). A água é uma unidade, não o hidrogênio ou o oxigênio. Se for dividida, deixa de ser a unidade e passa a ser os elementos químicos e, como tais, com outras propriedades.

Transpondo para nossa discussão, equivaleria dizer que os processos comunicacionais e educacionais são *unidades* e, como tais, devem ser analisados por suas propriedades únicas, não pelo estudo das propriedades dos elementos que os compõem, como "emissor", "mensagem", "receptor", "estímulos", "respostas".

Dos estudos de Pavlov não se pode dizer inteiramente que seus estudos estivessem estritamente condicionados às teorias de estímulo-resposta. Como as demais teorias "populares", Pavlov se eternizou pelas experiências de condicionamento de cobaias, exageradamente simplificadas e que não abordam seus trabalhos posteriores. Jérome Bruner considera Vigotski o arquiteto do *Segundo Sistema de Sinais* proposto por Pavlov que, justamente, tentava fugir da rigidez de suas teorias anteriores (VIGOTSKI,1996, XI).

Nesse Segundo Sistema de Sinais, Pavlov concebe o homem como criador de sistemas mediáticos entre ele mesmo e o mundo da estimulação física, reagindo dentro de seus próprios termos de concepção simbólica da realidade. Embora não totalmente delineada dessa forma, conforme Bruner (*ibidem*), Pavlov já concebia a interação do meio histórico social com a interpretação e a atuação do homem em seu meio ambiente.

Há de se perguntar: por quê Pavlov só é lembrado pelas experiências com cachorros, sinetas e reflexos condicionados? Pavlov, assim como Vigotski, Piaget e "Palo Alto", nadaram contra a maré de sua época. Daí o ostracismo de parte de suas teorias na época em que sugiram.

Conforme David Wood (1996, p. 8), para Piaget é na ação do indivíduo que se encontra a resposta para a base de seu aprendizado. Piaget

> ...situa a ação e a resolução de problemas dirigida pelo próprio sujeito como elementos centrais da aprendizagem e do desenvolvimento. Ao agir sobre o mundo, o aprendiz descobre como controlá-lo. Nos seres humanos, aprender a agir sobre o mundo e descobrir as conseqüências da ação formam a base do próprio pensamento. (WOOD, 1996, p. 8)

Vigotski, que conheceu apenas as duas primeiras obras de Piaget, já o considerava um revolucionário, principalmente quanto ao estudo da linguagem e de pensamento das crianças. Conforme o pesquisador russo, Piaget concentrou-se nas características distintivas do pensamento das crianças, naquilo que elas *têm*, e não naquilo que lhes falta. Com isso, Piaget demonstrou que a diferença entre o pensamento infantil e o pensamento adulto está na *qualidade* e não na quantidade.

Vigotski resgata Rousseau, também citado por Piaget, no sentido de afirmar que "uma criança não é um adulto em miniatura, assim como a sua mente não é a mente de um adulto em escala menor" (VIGOTSKI, 1996, p. 9). Embora Piaget tenha dado uma contribuição importante para o avanço do estudo da aprendizagem, levando-se em conta o desenvolvimento do pensamento e a abstração, ainda assim não é com seus estudos que as teorias ligadas ao estímulo-resposta irão ser verdadeiramente confrontadas.

Vigotski já abordava a linguagem e a comunicação como presentes no centro do desenvolvimento intelectual do indivíduo. Enquanto Piaget se voltava para suas raízes biológicas, Vigotski tinha bases filosóficas e, como primeiro interesse, "a compreensão da natureza, evolução e transmissão da cultura humana" (WOOD, 1996, p. 17). Nesse sentido, via a aprendizagem ligada às origens históricas e culturais. "As relações interfuncionais em geral não receberam, até agora, a atenção que merecem" (VIGOTSKI, 1996, p. 1). Isso, é sempre bom lembrar, no princípio da década de 1930!

Wood (1996) acredita que o desenvolvimento de certas maneiras de raciocinar e aprender seja produto direto das interações (a) *planejadas* e (b) *espontâneas*, entre a criança e os adultos de sua comunidade. As planejadas têm a ver com metas educacionais explícitas, como as das escolas e projetos pedagógicos; mas as espontâneas têm ainda maior importância e não se identificam com o ato de freqüentar a escola, mas com um ensino informal, produto de características implícitas em práticas sociais em que ocorrem a comunicação e as tentativas de ensinar.

Não há como separar o desenvolvimento do pensamento teórico e os processos de aprendizagem do seu contexto social, com suas questões morais, políticas e tudo o mais que gira em torno dos recursos voltados para a educação e à formação dos professores.

As crianças, como receptores, não são parceiros passivos nem sempre dóceis e submissos. Elas "constroem" ativamente o conhecimento que têm do mundo, atuando sobre os objetos no espaço e no tempo. As interações sociais (criança-adulto, mas, principalmente, criança-criança) facilitam o seu desenvolvimento a partir de pontos de vista e idéias conflitantes que talvez possam ajudar a rever suas próprias idéias. Wood defende que "o conhecimento infantil é muitas vezes produto da 'construção conjunta' de compreensão pela criança e por membros mais experimentados de sua cultura" (WOOD, 1996, p. 28).

A língua, para Vigotski (1996, 2001), não serve à criança apenas para descrever, mas para descobrir maneiras de interpretar e construir o mundo. O ato de assistir à televisão ou ver um livro de figuras está dentro de um processo complexo em que a criança não está tomando contato apenas com outra maneira de retratar as coisas, mas está envolvida em atividades ligadas aos veículos que está usando e, com o tempo, vão resultar em operações mentais que servirão como linhas que se entrecruzarão na grande trama que será seu intelecto maduro.

Vigotski (1996, 2001)acreditava que a atividade infantil no seu plano social é, aos poucos, internalizada pela criança, até formar seus próprios processos intelectuais. A linguagem, do seu ponto de vista, não é fadada a somente refletir e representar conceitos já formados em um nível não-verbal. Antes disso, é a linguagem que estrutura e direciona os próprios processos de pensamentos e formação de conceitos.

A principal diferenciação de Vigotski em relação a Piaget é que, na interpretação de Piaget o egocentrismo do pensamento infantil é ponto central nas características da lógica das crianças. O pensamento é originalmente autístico e só se transforma em pensamento realista sob uma longa e persistente pressão social.

Para Vigotski (1996, 2001), a atividade social e suas conseqüências na interpretação do mundo são anteriores ao egocentrismo. "A função primordial da fala, tanto nas crianças quanto nos adultos, é a comunicação, o contato social. A fala mais primitiva da criança é, portanto, essencialmente social".

Vigotski ainda resume:

> ...o nosso esquema de desenvolvimento – primeiro fala social, depois egocêntrica, e então interior – diverge tanto do esquema behaviorista – fala oral, sussurro, fala interior – quanto da seqüência de Piaget – que parte do pensamento autístico não-verbal à fala socializada e ao pensamento lógico, através do pensamento e da fala egocêntricos. Segundo nossa concepção, o verdadeiro curso do desenvolvimento do pensamento não vai do individual para o socializado, mas do social para o individual." (VIGOTSKI, 1996, p. 18)

Mas Piaget compartilha com Vigotski concepções semelhantes sobre as relações entre ação e pensamento. Para Wood (1996, p. 37), Piaget acredita que as crianças têm que ser ativas e construtivas para compreender o mundo, e suas ações mentais internalizadas começam a substituir e representar as antigas ações físicas. O pensamento, então, é a ação internalizada. Uma das conseqüências dessa teoria é a noção do raciocínio lógico, como operações da mente e ponto culminante do desenvolvimento intelectual. No entanto, de acordo com Wood (1996), a noção piagetiana da lógica não oferece uma descrição adequada do pensamento maduro. Piaget vincula a percepção à ação. Um objeto, por exemplo, é definido pelas ações realizadas sobre ele no passado. E essa percepção envolve a atividade.

Se essa teoria é valida, as crianças mais novas seriam incapazes de ver o mundo como os adultos o vêem. Não há como ensiná-las, já que as crianças não estão de posse das operações mentais necessárias para *dar sentido*, em termos lógicos, àquilo que lhes é mostrado. Faltaria o *conceito abstrato*, que somente poderia ser alcançado quando elas atingirem o pensamento operativo. A linguagem, para Piaget, serve como um sistema de símbolos usados para representar o mundo, diferentemente das ações e das operações que fazem parte dos processos de raciocínio. A "competência intelectual genuína", para Piaget, é resultado de manifestações de atividades das crianças quase sem assistência.

Já para Vigotski, as crianças, mesmo situadas no mesmo nível de desempenho (sem auxílio externo) podem se diferenciar quanto à capacidade de aprender com a mesma quantidade de instrução.

Há, no entanto, uma unanimidade entre os pesquisadores críticos de Piaget: todos acreditam pedir mais do que ele se propôs a dar. Wood afirma que Piaget "jamais se propôs a investigar as diferenças individuais quanto ao ritmo de desenvolvimento" (WOOD, 1996, p. 44).

Phillips afirma que, para Piaget, conteúdo significava somente o que podia ser observado, e ele se interessava, principalmente, pela estrutura, e não pelo conteúdo. "Em *como* a mente trabalha e não com *o que* faz" (PHILLIPS, 1971, p. 8).

E Vigotski (1996, 2001), cujas críticas apenas remetem às primeiras publicações de Piaget, defende o pesquisador contextualizando seus estudos em uma época em que criar seus próprios sistemas individuais de psicologia estava se tornando corriqueiro (como aconteceu com Freud, Levy-Bruhl e Blondel). E justifica que, para escapar dessa tendência, Piaget deliberadamente refugiou-se onde fatos e documentos estivessem acima de tudo. "O empirismo puro parece ser, para ele, o único terreno seguro" (VIGOTSKI, 1996, p. 10).

Vigotski (1996, 2001) concorda com a teoria piagetiana em áreas importantes, mas principalmente sobre a atividade como base da aprendizagem e do desenvolvimento do pensamento. Dá ênfase ao papel da comunicação, da interação social e da instrução na determinação do caminho do desenvolvimento.

Após esse breve passeio pelos pensamentos de alguns teóricos da educação, Vigotski se mostra, embora tenha desenvolvido um tempo de trabalho menor e tenha sido anterior às principais discussões, sintonizado com as teorias contemporâneas, tanto na área de educação como na de comunicação. E sua reflexão oferece uma contribuição importante aos temas que serão tratados em nosso estudo, na tentativa de consolidar uma aproximação íntima entre a educação e a comunicação.

A Educação como aventura do conhecimento

Voltemos, então, à pergunta inicial do tópico anterior. O que seria Educação? Conforme alertamos, a resposta continua não sendo fácil de responder, mas já obtivemos alguns indícios. Descartado o seu aspecto como instituição social, para os objetivos deste trabalho, nos interessa muito mais a educação como a aventura do conhecimento do mundo. Mas de que conhecimento do mundo estaremos falando? O que é, neste trabalho, uma definição de conhecer?

Certamente, o conhecer também não tem uma definição fechada. Seu sentido é fluido e comporta diversas abordagens. Se os processos educacionais e a prática social da educação são datados historicamente, conhecer é inerente ao ser humano, em qualquer época e em qualquer espaço. O conhecimento do mundo é buscado desde a pré-história e continua nos laboratórios avançados do homem, passando pelas bibliotecas renascentistas e na leitura diária de jornais.

E esse conhecimento do mundo passa obrigatoriamente pela aprendizagem sistemática. Novamente, é importante ressaltar a necessidade de desvincular o processo de aprendizagem da visão histórica da escola, com professores e alunos. Quando falamos de aprendizagem, queremos resgatar a aprendizagem e a percepção do mundo conforme descreve Vigotski, bem como Wood e Piaget.

Conhecer é fruto de uma crise. Crise como algo em conflito, que foge da ordem em que o conhecido já está definido, interpretado e internalizado. Tanto a criança que observa um móbile cujos movimentos quase nunca se repetem, em infinitas coreografias, quanto o cientista que procura as características genéticas de uma célula, buscam entender algo que não fazia parte de sua experiência até então. O conflito entre o que já é entendido e o que não se encaixa nos padrões anteriores gera a curiosidade, inconsciente na criança e semiconsciente no cientista.

Assim, conhecer é a busca de uma ordem. É tentar encaixar dentro de uma ordenação os sujeitos e os objetos de observação. É interpretar e buscar ordenar a natureza. O homem tem desejo de conhecimento. Conhecimento como forma de apreensão do mundo, uma maneira de integrar-se por meio do que a sociedade tem de mais coletivo: a sua ordenação.

Conhecer tem também a dimensão do poder. Com o conhecimento adquirido, o indivíduo ou o grupo social encontra uma maneira de se diferenciar, de ser e se mostrar melhor. Busca, com isso, o reconhecimento e a legitimação da superioridade.

Mas conhecer é, também, instrumentalizar-se para se adaptar ao mundo em constante mutação, ampliar suas percepções, estender seus sentidos, correndo atrás da nova ordem estabelecida diariamente. É construir modelos e interagir com eles, copiá-los, adaptá-los. São esses modelos que irão instrumentalizar o indivíduo para que este possa compreender o que se passa, irão fornecer subsídios para a sua interpretação e, principalmente, servirão de intérpretes e agentes de interação com a realidade. A linguagem, as maneiras de agir socialmente, as tecnologias de comunicação, os códigos legais e sociais são exemplos de modelos construídos por meio do conhecimento e assimilados pelo conhecimento.

Nesse sentido, é fundamental retornar a Vigotski. Conforme o pesquisador russo, essa realidade não é comum a todos. Conhecer é a busca do pleno entendimento. No entanto, o pleno entendimento é dependente de uma realidade conceitualizada por meio de sua experiência individual. E "a experiência do indivíduo encontra-se apenas em sua própria consciência" (VIGOTSKI, 1996, p. 5). É o que Rubem Alves define como "legado do passado". "Não se pode caminhar para o futuro sem eles" (ALVES, 1996, p. 43). Dessa maneira, o ato de conhecer depende da história de vida do indivíduo, que deve ser analisada além de uma biografia cronológica, mas levando em conta sua inserção social, os valores socioeconômicos da sociedade em que atuou e atua e as suas interações sociais e culturais.

Conhecer também é utilizar a imaginação, um conceito ainda mais difícil de definir e que se remete tanto ao intelecto quanto a fatores sociais e ao contexto em que o indivíduo está inserido. É a imaginação que capacita o indivíduo a sair totalmente de seu cotidiano, construindo um imaginário baseado em informações prévias (o desaparecimento dos dinossauros), e o leva a se abstrair o suficiente para ligar o inusitado com sua contemporaneidade (o estudo do efeito estufa). Assim acontece também com a Matemática e a Geografia. Esse exercício de conhecimento, que é também o exercício da imaginação, pode extrapolar o indivíduo e se tornar coletivo, em um trabalho em grupo ou social como o debate sobre o meio ambiente.

Educação, finalmente, é proporcionar o conhecimento. Sem perder de vista nenhuma dessas definições anteriores e levando em conta até algumas que, porventura, não foram citadas aqui. É imaginar o indivíduo como fonte de si mesmo, mas que permeia e é influenciado pelo ambiente social em que vive e atua. É contar que sua aprendizagem é dependente de suas interações e que seu conhecimento não está restrito a livros e aulas; é amplo e complexo como as relações humanas. É tentar compreender, uma vez que é impossível interpretar na sua totalidade, o processo do saber.

Retornando ao mestre Rubem Alves, "Conhecer é reduzir o desconhecido ao conhecido" (ALVES, 1996, p. 43), e isso só é possível pela aprendizagem como um processo social, mantendo e modificando as capacidades e as habilidades do indivíduo. E está intimamente ligado à existência e às características originais do homem. Conforme Miguel de Unamuno (*apud* ALVES, 1996, p. 167), "o conhecimento está a serviço da necessidade de viver... E essa necessidade criou no homem os órgãos do conhecimento."[3]

Educação, conhecimento e ... comunicação

E Comunicar, estará longe disso? Pelo contrário. Comunicar vem do latim *comunicare* que quer dizer "colocar em comum". É, igualmente, disponibilizar o conhecido, reduzir o desconhecido e proporcionar o conhecimento entre atores sociais. É, também, buscar a ordem, estabelecer padrões de poder, é formalizar instrumentos de convívio e aproximação. É usar a capacidade de abstração, a imaginação. É interpretar o mundo e ser interpretado por ele. Uma interpretação dependente de pressuposições próprias do mundo individual, da tradição histórico-cultural do sujeito, dos instrumentos metodológicos utilizados pelo observador e pela sua imaginação produtiva. Um conceito que pode ser utilizado tanto para o processo educacional quanto para o processo comunicacional, ambos em um resumo de como o homem conhece o mundo, de como se comunica com o mundo, de como "se coloca em comum".

Essa visão troca o modelo do "estímulo-resposta", tanto da Teoria da Informação na comunicação quanto da Psicologia E-R na educação, por uma estrutura muito mais complexa. Agora, em vez de uma ponta isolada enviando uma descarga de mensagem mediada a outra ponta isolada, em elementos distintos ainda que seja no mesmo ambiente, encontramos uma malha complexa, entrelaçada por inúmeros fios de todas as espessuras que, ao ser puxado ou puxar, influencia todos os demais que se entrecruzam em sua extensão. Uma verdadeira trama social.

Mattelart defende que uma situação de interação não pode ser reduzida a poucas variáveis de forma linear como uma fórmula matemática. "É em termos de níveis de complexidade, de contextos múltiplos e de sistemas circulares que é preciso conceber a pesquisa em comunicação" (MATTELART, 1986, p. 10).

A circularidade é ir e voltar ao mesmo ponto de partida. Ao movimentar um fio, movimenta-se a pluralidade da trama e, ao mesmo tempo, há um retorno ao fio singular, já que ele é parte dessa trama. Vera França, quando trata especificamente do ato comunicativo, afirma que a circularidade é uma das bases da comunicação.

> A noção é circular: a palavra envia à relação, a relação à palavra, ambas profundamente inseridas na vida social. Linguagem, relação dos interlocutores e contexto

(ambivalência) cultural constituem os elementos fundadores do ato comunicativo. (FRANÇA, 1995, p. 38)

A comunicação, assim como as teorias de aprendizagem, também não tem muito bem definido o sujeito, o objeto e o meio. Todos são um pouco de cada, e cada um, parte indivisível e complexa do todo. Como as *unidades* de Vigotski.

John Thompson (1995) critica igualmente as tentativas de compreender a comunicação por meio de fórmulas lineares. Em seus trabalhos teóricos sobre a mídia, especificamente sobre a mídia de massa, Thompson dá muita importância às condições sociais e aos contextos mais amplos de produção, difusão e recepção. O autor busca

> acentuar que [uma] análise da comunicação de massa deve começar considerando a natureza e o desenvolvimento do conjunto de instituições implicadas na produção em larga escala e na difusão generalizada dos bens simbólicos. (THOMPSON, 1995, p. 295)

Os próprios meios são alguns dos fios dessa trama e podem facilitar a interação por meio de tempo e de espaço próprios, mas sem perder a perspectiva de que são, igualmente, influenciados pelos demais fios da trama.

Os meios influenciam o modo como as pessoas agem e interagem no processo de recepção, mas não da maneira preconizada no enfoque da manipulação ativa dos detentores dos meios de comunicação contra um receptor passivo e manipulado. Os meios "atingem a organização social daquelas esferas da vida cotidiana em que a recepção das mensagens por eles mediadas é uma atividade rotineira" (THOMPSON, 1995, p. 297-298). O resultado dessa recepção é sentido por toda a trama e, em menor ou maior medida, retorna à sua origem, aos meios, fechando o círculo e reiniciando o processo.

Embora possa parecer idéia moderna, já se discute a comunicação e a educação como processos sociais interativos há muitas décadas, mesmo na época auge da Teoria da Informação, Teoria Crítica e Psicologia E-R. Vigotski, que morreu em 1934 antes de completar 40 anos, vivia, conforme relatado por dois de seus seguidores, Luria e Leontiev, em uma verdadeira batalha contra o behaviorismo corrente. Ao mesmo tempo, lutava contra uma abordagem quase exclusivamente subjetiva dos fenômenos mentais, representada, sobretudo, pela ascensão das obras de Freud. Para Bruner, que resgatou as obras do pesquisador russo nos anos 1960, Vigotski "não suportava nem o reducionismo materialista ou mentalismo, nem o fácil dualismo cartesiano" (1996, p. VII).

Vigotski se aproxima da idéia da circularidade quando demonstra, por meio de sua concepção das origens históricas e culturais, como os indivíduos e os grupos que compõem determinada sociedade agem sobre o seu mundo, interpretando-o e, ao mesmo tempo, conceituando-o.

> As formas mais elevadas da comunicação humana somente são porque o pensamento do homem reflete uma realidade conceitualizada. É por isso que certos pensamentos não podem ser comunicados às crianças, mesmo que elas estejam familiarizadas com as palavras necessárias. Pode ainda estar faltando o conceito adequadamente generalizado que, por si só, assegura o pleno entendimento. (VIGOTSKI, 1996, p. 5)

A criança como um ser cultural e social

Como as crianças lidam com os programas educativos? Embora não se vá buscar a resposta para essa questão aqui, vale a pena discorrer sobre algumas hipóteses no sentido de fornecer mais alguns elementos para o enriquecimento desta análise.

Neste empreendimento se faz necessário abordar algumas questões também pouco discutidas. Uma delas já foi abordada e se refere à conceituação de um programa educativo, quando buscamos enfatizar que tal distinção não passa por uma classificação do modelo, produção, proposta comercial ou filantrópica, mas sim pela natureza do processo de interação com a criança, respeitando sua sintonia com a malha social em que está inserida.

A inter-relação com um programa educativo desperta os sentidos e, com eles, a curiosidade inconsciente de ampliar sua instrumentação sensorial. Tomar banho, depois de decorada a música do ratinho que faz o mesmo no *Castelo Rá-Tim-Bum*, deixa de ser uma obrigação social – desvestida de sentido e que somente expressa uma imposição dos adultos – para se tornar uma atividade lúdica, que incorpora prazer ao cotidiano. Reforça conhecimentos apreendidos na educação formal e produz experiências. Reconhecer, também no *Castelo*, as aventuras contadas pela bruxa Morgana dentro da aula de História é uma experiência. Tudo isso contribui para a sua formação pessoal tanto educacional quanto social.

A criança percebe o mundo com olhos diferentes, comparando e analisando as suas experiências do cotidiano com as experiências produzidas na interação com os programas de televisão.

Naturalmente isso não significa a imediata interação da criança com as propostas dos programas. O engajamento não é feito de forma mecânica, e a criança não estará, necessariamente, interagindo de forma determinada ou esperada pelos produtores do projeto somente ao se expor ao programa educativo. Assumir essa posição seria contradizer o que foi dito até agora. Assim como os demais (e complexos) fatores que envolvem a aprendizagem, o programa é mais um fio a se mover (e ser movimentado). A diferença entre esse fio e o fio pelo qual passam programas como o *TV Xuxa* ou *Cocoricó* não está no seu movimento e na sua extensão, mas na sua qualidade, considerada como a sintonia e as interrelações e interações provocadas entre a criança e os demais fios da malha que a cerca, e que está integrado de forma conjunta e harmoniosa com a trama social.

Outra discussão a ser resgatada se refere às pesquisas sobre criança e televisão. Mesmo começando nos anos 50, além de ser um dos assuntos mais discutidos pela opinião pública, os mais importantes tópicos sobre o assunto continuam sem solução.

O enfoque continua sendo o efeito da TV nas crianças que, mesmo tendo uma abordagem mais contemporânea, reflete um resquício de behaviorismo.

Em uma pesquisa citada por Pedrinho A. Guareschi, desenvolvida pelo Departamento de Psicologia Social da London School of Economics and Political Sciences, do total de artigos científicos sobre criança e televisão de 1985 a 1995, 88% tratavam sobre os efeitos da TV.

> Percebe-se que, se já há uma consciência de que as crianças são espectadores ativos, e não apenas receptores passivos esperando ser manipulados pela TV, ainda pouco se sabe sobre a maneira como essa atividade é construída e sua relação com o meio. (GUARESCHI, 1998, p. 85)

Conforme o próprio Guareschi relatando as conclusões dessa mesma pesquisa, está clara a divisão: de um lado, as crianças, de outro, a TV. Mas o desafio foge dessa dicotomia. Não está mais em saber se uma criança é um receptor ativo ou passivo (não há dúvidas de que é ativo!), mas em tentar descobrir como é a sua interação com o meio. O encontro da mídia com a criança não é fortuito, e a capacidade de ambos é igualmente variada, móvel, múltipla e fluida. São mais fios e tramas que se entrecruzam.

Isso retoma outro "pré-conceito" velozmente e agressivamente lembrado quando emissoras colocam no ar programas polêmicos, com temas supostamente fora do cotidiano das crianças, como sexo, nudez, violência, dramas sociais e pessoais elevados ao nível de espetáculo. Novamente os possíveis efeitos desses programas nas crianças são citados como a mais perversa conseqüência da TV. Tratar tais efeitos como uma verdade incontestável significaria assumir a postura do behaviorismo e encarar a criança como uma pobre coitada, como uma estação de trabalho computadorizada disponível para a instalação de programas determinados.

Se fosse assim, seria até fácil resolver o problema da educação, trancando as crianças em uma sala de aula assistindo 4 a 5 horas de vídeos educativos. Os efeitos deveriam ser os mesmos da TV doméstica.

A professora Maria Thereza Fraga Rocco (1998, p. 125) alerta que "são muitos os pré-conceitos e mal-entendidos que recobrem a compreensão e o entendimento comum do que seja essa relação instaurada entre o produto veiculado pela TV e o receptor a quem é destinado tal produto".

Rocco, educadora, entende também que a recepção tem de ser analisada a partir de critérios originários de uma rede de mediações, dentro de um tecido complexo de tramas mais ou menos densas, com uma "trajetória contínua que vai da emissão para a recepção e vice-versa" (ROCCO, 1998, p. 126).

A criança não deixa de ser influenciada, mas não é mais influenciada do que permite sua vivência social e experiência compartilhada, nem menos do que a sociedade em que vive deixa que seja. É complicado, mas é assim o jogo de interações sociais entre emissores e receptores,

...muito além dos territórios tidos como específicos, atuam também como um amplo espaço de interseção por meio de trocas e negociações contínuas e dinâmicas, que funcionam como uma espécie de raiz fundadora do processo dialógico, que se instaura definitivamente entre ambos. (ROCCO, 1998, p. 126)

E isso tanto faz se estamos falando de adultos ou crianças. Aliás, é sempre bom relembrar: criança não é um adulto em miniatura. Embora possa parecer um tanto óbvia, e já tenha sido dita anteriormente, a frase vai de encontro a um pressuposto que, ainda que implicitamente, é reafirmado no nosso cotidiano. Da mesma maneira que os pais insistem em vestir seus filhos com roupas miniaturizadas, acreditando que são cópias menores de adultos, eles acreditam que o senso crítico "maduro" – que proporcionaria ao adulto filtrar e processar as imagens e informações da TV – é proporcional à idade biológica das crianças. Ou seja, as crianças não atingiram o nível de análise crítica – que eles, os adultos, têm – que poderia proporcionar a elas o horror frente a uma cena de violência, ao embaraço e a "racionalização" e a conseqüente anulação do apelo erótico frente a uma cena de sexo. Dessa maneira, a violência e a erotização entrariam sem resistência na psique da criança, e seriam incorporadas de maneira deturpada, precipitada. No entanto, os critérios e as referências do que é violento e erótico são sempre baseados no que é violento e erótico do ponto de vista dos adultos. Percebe-se que, na realidade, os adultos querem estabelecer para as crianças padrões semelhantes às suas atitudes, inclusive padrões críticos aos meios. Como criaturas não-distintas, mas apenas incompletas.

Não é o que pensam Piaget, Vigotski, Bruner e a maioria dos teóricos em educação, que acreditam que a criança é um ser próprio, movido por interesses e sentidos singulares e distantes dos adultos.

Nas palavras definitivas de Elza Pacheco (1998, p. 32), "conhecer a criança é pensá-la como um ser social determinado historicamente". É conhecer a criança interagindo dinamicamente, influenciando e sendo influenciada. Pensar na criança como um ser de relações familiares, sociais, comunitárias, vê-la em casa, na escola, na igreja, na rua, no clube, em seus grupos sociais: "A criança é um ser histórico que produz cultura".

Televisão educativa, teorias da comunicação e o dilema da escola

As TVEs são o pano de fundo de qualquer discussão que envolva comunicação e educação na TV, já que nela está instalada a origem de qualquer produção nesse sentido. A atual distinção entre um programa educativo e um programa comercial, como discutimos anteriormente, deve-se muito aos modelos de televisão educativa e aos modelos teóricos em que se inserem. A história das TVEs européias está para a Teoria Crítica assim como a história das TVs de integração e pública dos Estados Unidos está para a Teoria de Informação. Os reflexos chegam ao Brasil mais pelos Estados Unidos do que Europa, embora contenham características de ambos.

Nos Estados Unidos, lar da Teoria Hipodérmica, da Teoria da Informação e da Teoria Funcionalista, os estudos, apesar de suas diferenciações, mantiveram uma linha fundada na perspectiva do "estímulo-resposta". As teorias americanas têm, basicamente,

> a preocupação com os *efeitos* da comunicação; o estabelecimento de suas funções, e uma vertente de estudos operacionais, que vão buscar dar conta da natureza do

processo comunicativo através da identificação de seus elementos internos. (ARAÚJO, 1996, p. 75) (grifo nosso)

Adriano Rodrigues sintetiza esse pensamento dizendo que

> o contexto teórico em que, nessa altura, os estudos acerca de efeitos que a comunicação social, em geral, a imprensa escrita, a radiodifusão, a televisão, a propaganda ou a publicidade, em particular, exerceriam sobre as atitudes e os comportamentos dos indivíduos era o da perspectiva behaviorista ou comportamentalista então dominante nos Estados Unidos da América. (RODRIGUES, 1994, p. 42)

A linearidade dos modelos americanos mais difundidos apontada por Mattelart (1986) é presente nas fórmulas de comunicação elaboradas em 1948 tanto por Lasswell (1987) quanto por Shannon (apud WEAVER, 1987). Para Lasswell, uma forma adequada de descrever um ato de comunicação é responder às seguintes perguntas:

> Quem
> Diz o quê
> Em que canal
> Para quem
> Com que efeito? (LASSWELL, 1987, p. 105)

De acordo com o simplificado modelo matemático de Shannon, citado por Weaver (1987, p. 27), a comunicação pode ser descrita no seguinte diagrama:

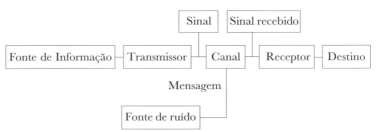

Conforme esses modelos (que sintetizam o paradigma da Teoria americana), a iniciativa e o controle partiriam sempre do transmissor, objetivando um resultado específico no final do processo. Sua estrutura linear era próxima da estrutura de fórmulas matemáticas – por meio das quais se busca a solução de uma questão ("fonte", "quem?"), passando por um processo racional, lógico e por etapas, até uma solução definitiva ("destino", "efeito") – tanto que se encaixava perfeitamente em todas as ciências que buscavam respostas concretas. Conforme Mattelart, "a teoria matemática da informação se revelará um ponto de reunião para disciplinas tão diversas como a física, as matemáticas, a sociologia, a psicologia, a biologia molecular e a lingüística" (MATTELART, 1986, p. 3).

Os elementos que compõem essas fórmulas ocuparam pensadores. Como em uma linha de produção, caso se consiga entender todos os elementos que geram produto determinado, a possibilidade de desenvolvê-lo e, conseqüentemente, a de dominá-lo é ainda maior. Essas fórmulas constituem uma linha teórica sintonizada com o momento histórico vivido pela cultura americana e voltada fervorosamente para a manutenção e o fortalecimento do sistema capitalista; um sistema que, não por coincidência, tem a divisão como principal suporte de sua estrutura.

Assim, a televisão norte-americana, na qual se baseia o modelo brasileiro em grande parte, já nasceu com um propósito dentro dessa perspectiva linear: auxiliar um sistema econômico em expansão, em busca da demanda reprimida com o pós-guerra. Os empresários (transmissores com a iniciativa e a busca pelo controle) precisavam motivar, de uma maneira rápida, geral e massiva, os milhões de americanos para a compra de seus produtos. Para George Gordon, um dos principais pesquisadores da televisão educativa nos Estados Unidos

O ano de 1948 assinalou o começo da ascendência da televisão na América: as transmissões em cadeia tiveram início no fim da II Guerra Mundial, a produção de receptores elevou-se, e o apoio da propaganda – tão vital para a transmissão comercial – começou a preferir a televisão a outros veículos. (GORDON, 1967, p. 17)

Em pouco mais de 20 anos, 70 milhões de americanos já tinham assistido ao primeiro debate entre os candidatos presidenciais Kennedy e Nixon em 1960[1].

Na Europa, a história transcorre em outra direção. Há uma apropriação da Teoria Crítica, perspectiva em grande discussão na época do surgimento da TV. A "manipulação das massas pelos detentores do poder", tanto político quanto econômico, inspirada em interpretações da Teoria Crítica, encontrou nos meios de comunicação modernos, em especial os eletrônicos de massa (rádio e TV), a iminência de sua comprovação. Do outro lado do oceano, nos EUA, a TV já emitia sinais que fortaleciam a preocupação dos pensadores europeus com a sua utilização comercial. A Teoria Crítica, dessa maneira, gerou um desdobramento determinante na estruturação das TVs européias, que se desenvolveram preocupadas em não cumprir as supostas premonições da Escola de Frankfurt, muito menos em repetir o mesmo vínculo comercial do modelo norte-americano.

Aliás, a falta de diálogo entre a sociologia funcionalista americana e o pensamento sociológico europeu era um fator essencial para que os pioneiros europeus em televisão buscassem ampliar ainda mais essa distinção. A Europa tinha uma tradição fortemente humanista em

---

[1] Cf. Columbia Broadcasting System, Newsletter (12 dez. 1963), 18-19 *apud* GORDON, 1967, p. 17.

contraposição ao funcionalismo e às práticas laboratoriais americanas. Nesse sentido, a cultura – tanto na sua preservação quanto na sua divulgação e no seu papel na formação do homem – nunca poderia ser, para a tradição européia, parte de uma indústria com fins capitalistas.

Matellart cita Robert K. Merton, sociólogo americano, que colocou lado a lado a sociologia européia do conhecimento e a sociologia da comunicação em voga nos Estados Unidos. Conforme Matellart, Merton "viu a expressão de duas mentalidades, de duas visões de mundo, de duas culturas diferentes: a européia tem tradição filosófica, a americana tem orientação empírica". Mattelart destaca as próprias palavras de Merton. "O norte-americano sabe do que fala e é pouco. O europeu não sabe do que fala e é enorme... O europeu imagina onde o americano observa. O norte-americano investiga a curto prazo. O europeu especula a longo prazo" (MERTON apud MATTELART, 1986, p. 1).

Os Estados europeus, com o desenvolvimento da TV, assumem sua direção, utilizando, para isso, o monopólio das transmissões e estabelecendo programação que valorizasse o conteúdo em detrimento da forma. Cabe à "sociedade" (leia-se Estado) gerenciar a TV em benefício do cidadão, utilizando o meio sem distinção de classe, sem qualquer fim comercial e voltando-o para a formação social do indivíduo. Era um trabalho destinado a ser um total contraponto à TV americana, que valorizava a forma e o conteúdo de fácil assimilação, ágil, flexível e com grande poder de adaptação conforme a aceitabilidade do telespectador e que buscava a satisfação sensorial imediata e a resposta na atuação consumista da sociedade.

A TV européia tinha a sua programação composta preferencialmente de programas com contexto educacional que valorizam a produção local e buscavam forma e conteúdo mais reflexivos e consistentes, abrindo mão de uma transmissão mais dinâmica, veloz e fragmentada como a americana. A TV deveria cumprir sua função de formar um cidadão crítico de sua sociedade, com informações suficientes para tomar decisões em benefício próprio e do coletivo, e sem fins lucrativos e comercias.

Dessa maneira, em tese, as emissoras européias já nasceram educativas. Esse modelo não resistiu à era dos satélites, que levou a televisão americana às casas européias. Em pouco tempo, as TVs estatais e monopolistas se viram obrigadas a se adaptar, estética e ideologicamente, comprando programas americanos. A partir dos anos 1980, abriram seu espaço para a comercialização, incluindo vários processos de privatização e aberturas de canais privados.

Educadores *versus* comunicadores

Uma das principais características das TVEs é um paradoxo: o afastamento entre as áreas que deveriam estar servindo de base para a sua implantação coerente – ou seja, a comunicação e a educação. Era de se supor que, diante do avanço da valorização do conhecimento, da democratização da informação e da busca do saber e da cidadania, certamente em um fenômeno de relativa novidade como a TV, áreas afins somariam esforços em seus trabalhos.

Mas a história das TVEs é marcada pelo afastamento entre educadores e comunicadores, formando uma primeira dicotomia desde os primórdios da TV: comunicadores que, cientes não só da capacidade de penetração e assimilação do meio, mas também de sua potencialidade para a educação, empregavam técnicas e instrumentos de sua própria formação sem o entrosamento com educadores e suas técnicas, mas valendo-se de experiências e instrumentos pelos primeiros considerados inadequados ao novo meio. Usar instrumentos da educação tornaria "chata" a televisão.

Do outro lado, estavam os educadores igualmente crentes do poder da TV, mas resistentes em se adaptar ao meio e temerosos de macular seus ideais e adulterar suas convicções em prol de uma mídia que, ao que tudo indicava (principalmente em interpretações da Teoria Crítica), era generalista, ideológica, superficial. Usar instrumentos da comunicação tornaria a televisão "manipuladora".

O desenvolvimento das TVEs mostrou que esse primeiro dilema, a separação entre comunicadores e educadores, foi um ponto comum, que só recentemente começou a se modificar.

No princípio, o conceito de televisão educativa não dizia respeito às emissoras voltadas para fins educacionais, mas a toda forma de veiculação, via TV, de programas e projetos que objetivavam o ensinamento. "O uso popular permitiu ao termo televisão educativa compreender quase todo tipo de programa educacional de televisão, apresentado para qualquer finalidade séria ou que tente ensinar alguma coisa" (GORDON, 1967, p. 14).

O conceito abrangia várias ações: (a) transmissões de circuito fechado; (b) emissoras de sinal aberto tanto de pequeno alcance quanto as grandes redes; (c) utilização de vídeo em aula; (d) as TVIs, televisões instrutivas, de transmissão aberta, mas limitada a um público específico, com programas específicos semelhantes aos sistemas adotados para os seminários a distância, realizados atualmente via satélite.

Somente em 1963 o Serviço Fixo de Televisão Educativa dos EUA, pertencente à FCC, declarou: "A finalidade primordial do novo serviço é transmitir matéria educativa visual e sonora a determinados locais receptores, em escolas públicas e particulares, faculdades e universidades e outros centros de instrução para a educação formal dos alunos" (*apud* BURKE, 1974, p. 151). Embora com grandes limitações de alcance e de programação, era o embrião para o surgimento do atual conceito de TVEs, descolando as emissoras dedicadas à educação das emissoras com finalidades comerciais.

Essa demora na definição do conceito de TV Educativa deve-se também à valorização do meio como principal enfoque no processo comunicativo. Em resumo, onde houvesse um aparelho de TV, e nele fossem veiculados imagens e sons com o objetivo educacional, haveria uma televisão educativa, não importava se em circuito fechado, em rede nacional, ou via TVI, e até mesmo com a utilização de vídeos em sala de aula. Afinal, do ponto de vista da Teoria da Informação, o que acontecia quando um cidadão se colocava à frente do aparelho de TV era a finalização de um processo comunicativo, por isso esperava-se que a instrução constituísse o efeito do programa. Não é à toa que Koenig e Hill (1970, p. 9) conceituam a TVE como **"um meio que difunde programas dedicados à informação, à instrução, a temas culturais de interesse geral e de entretenimento**[2]**" (grifo nosso)**. A televisão educativa, nesse ponto de vista, não está inserida em um meio; a TVE é o próprio meio, independente do instrumento utilizado.

---

[2] "*Um medio que difunde programas dedicados a la información, a la instrucción, a temas culturales y de interés general, y al entretenimiento.*" (Tradução do autor)

Na Europa, a história foi totalmente diferente, assim como os caminhos dos teóricos que formularam a Teoria Crítica.

> O rádio e a televisão são veículos da produção cultural de um povo ou de uma nação e, para exercerem essa tarefa não podem ser contaminados por interferências políticas ou comerciais. Ainda que marcada por uma forte dose de purismo, foi essa a concepção que sustentou durante quase sessenta anos o modelo de rádio e de televisão adotado na Europa ocidental. (LEAL FILHO, 1997, p. 17)

Essa descrição de Leal Filho sobre o modelo europeu de televisão demonstra que, na intenção, todas as televisões dos países europeus começaram educativas, no sentido mais amplo da palavra e mais próximo de um conceito de TV educativa elaborada. O primeiro diretor da BBC, John Reith, afirmava que um dos objetivos do novo veículo era "proporcionar a criação de um eleitorado mais inteligente e iluminado tornando-se um fator de integração para a democracia" (*apud* LEAL FILHO, 1997, p. 24).

Com tradição centralizadora, as emissoras de TV européias estiveram, durante seis décadas, sob o domínio do Estado. Assim como o Estado, a princípio, tem como uma de suas funções a educação do povo, a nova tecnologia surgia como um ótimo veículo para tal fim. Obviamente, não somente para tal fim, mas agregado a um conjunto de atitudes, meios, políticas e ambiente socioeconômico, que visassem à melhoria da sociedade como um todo, além da democratização das informações e da educação gerida pelo seu legítimo representante: o Governo.

Leal Filho (1997) explica a adoção de um modelo público na Europa: (a) razões técnicas justificadas pelo avanço das pesquisas de radiodifusão e do controle estatal do espectro de freqüências; (b) razões culturais, já que a TV vinha juntar-se "aos empreendimentos culturais responsáveis por gerar e disseminar a riqueza lingüística, espiritual, estética e ética dos povos e nações" (1997, p. 18), estando no mesmo nível das bibliotecas, das universidades e dos museus, reconhecidos pela população como "distante da esfera dos negócios ou da política de partidos e grupos" (1997, p. 18); (c) razão política, uma vez que se viviam os movimentos revolucionários e nacionalistas, como o fascismo, nazismo, comunismo e até o separatismo da Irlanda.

Essas mesmas razões poderiam ilustrar o motivo do desenvolvimento da Teoria Crítica na Europa: (a) técnica, com um grande número de pesquisadores e instituições tradicionalmente ligadas a linhas de estudo humanistas; (b) culturais, já que a própria história milenar do continente apontou exemplos de movimentos voltados para a valorização do homem como indivíduo e moldou os valores e as tradições européias; (c) política, com exemplos de manipulação, submissão das classes trabalhadoras e controle estatal, além dos nacionalismos exacerbados dos países que se apertavam em um único e pequeno continente. Outra vez o contexto complexo em que mergulhava a sociedade forçava a aproximação entre a teoria e a prática, Teoria Crítica e TV européia.

Não cabe aqui discutir com detalhes a realização das pretensões das TVs européias; porém, o que ficou foi o controle e a submissão das emissoras ao poder estatal, que tinha como objetivo final o controle social. Nesse sentido, a TV já não era vista como um meio, mas como mais um participante de um projeto de controle da sociedade e viria juntar-se aos fenômenos sociais observados pelos teóricos de Frankfurt das décadas de 1930 e 1940, em que "filmes, rádios e semanários constituíam um sistema harmônico no qual os produtos culturais eram adaptados ao consumo de massa e para a manipulação dessas mesmas massas" (ARAÚJO, 1996, p. 82).

Assim, na Europa, a divisão conceitual entre TVEs e TVs comerciais, colocavam aquelas como as emissoras voltadas exclusivamente para o apoio educacional, o incremento cultural e a disseminação de informações, sem fins lucrativos e com enfoque no desenvolvimento do cidadão; e estas poderiam ter as características comerciais, mas seriam rigidamente controladas pelo Estado e estariam sempre em segundo plano em relação às TVEs.

> Nesse ponto é importante ressaltar as palavras que formam o conceito de "serviço público". Elas são a chave para entender toda a concepção do modelo de broadcasting adotado na Europa ocidental. Trata-se, em primeiro lugar, de um serviço, o que indica a existência de uma necessidade da população que precisa ser atendida. E público porque, segundo os idealizadores do modelo, é um atendimento especial que não pode ser feito por empresas comerciais ou órgãos estatais. Os veículos prestadores desse serviço devem ser públicos e por isso mantidos total ou parcialmente pelo próprio público. Só assim seriam capazes de dar conta de sua vocação cultural. (LEAL FILHO, 1997, p. 18)

Dessa maneira, existe não a história das TVEs européias (assim como uma teoria da comunicação européia), mas uma história de desenvolvimento voltado mais especificamente para a educação, produzido e/ou transmitido pelas emissoras estatais.

Os pioneiros nesse sentido foram a British Broadcasting Company (BBC), da Inglaterra, um dos principais pilares do surgimento e do desenvolvimento da tecnologia da televisão, e a Radiodiffusion Télévision Francaise (RTF), da França, que iniciaram a apresentação de programas nas escolas no começo da década de 1950. Ressalta-se que essas emissoras eram também as produtoras dos programas educacionais, mesmo sem estar diretamente ligadas às instituições de ensino, ao contrário do que ocorre nos Estados Unidos, onde as universidades e as escolas detinham as concessões de canais e produziam para o seu público, que era segmentado e estritamente limitado. Na Europa, embora o Estado também fosse o dono e o produtor, transmitia-se para todo o público que dispunha de um televisor e a ligação com as instituições de ensino eram parciais, com o Estado se sobrepondo.

Outro modelo de TV surgiu do europeu: o modelo estatal. Parecido com o europeu, destaca-se, no entanto, por seu caráter ideológico e teve início no bloco comunista pós-guerra, onde o processo foi mais lento. Somente em 1960, a Iugoslávia e a Polônia começaram a veicular programas educativos. Em 1962, foi a vez da televisão soviética e da chinesa, voltadas para as escolas e universidades. A China chegou a montar uma rede de "universidades televisivas", com estações em Shangai, Pequim, Tientsin, Canton e Harbin, como integrante da campanha nacional educativa para os trabalhadores. Os demais países da Europa Oriental iniciaram o processo a partir de 1965, tendo como exemplo as experiências da União Soviética, dentro da sua característica de nação-satélite.

Uma vez mais, a aplicação do meio dentro de um contexto histórico, regido pelo ideológico, em que a TV era parte integrante de um processo planejado para uma sociedade, como uma peça de um mosaico. Uma peça sem transmissores, sem mensagem ou receptores definidos (embora existentes), mas como suporte e instrumento de uma ação social e política com princípio, meio e fim no próprio Estado que a mantinha.

A trajetória das TVEs e as interações comunicativas

É preciso tomar cuidado para não analisar a comunicação com base em uma demanda e um modelo mais ou menos ideal de comunicação social. Ao contrário dos paradigmas clássicos da comunicação, emissor-mensagem-receptor, uma relação rígida descrita como uma fórmula que se desencadeia e restringe seus elementos, a comunicação não deve ser vista propriamente como uma relação linear entre emissor e o receptor. É, sim, uma trama de relações e dinâmicas entre emissor e receptor, mas também com a mensagem, com o meio, com o contexto social, com a história dos sujeitos e com todos os demais fatores que, de uma forma ou outra, interagem naquela situação de comunicação única, já que todos esses fatores não se repetirão, nas mesmas proporções, em uma nova situação.

Não são pensamentos exclusivamente modernos. Há quase 70 anos, o crítico alemão de cinema e rádio, Rudolph Arnheim, em um trabalho de 1935, já falava em interatividade relacional e social como fator fundamental para a realização da comunicação, antes mesmo das teorias americanas. Embora tivesse pontos em comum com a Teoria Crítica, o crítico alemão não se deixou levar pela idéia da pseudo-individualidade do indivíduo em que "o sujeito encontra-se vinculado a uma identidade sem reservas com a sociedade" (WOLF, 1995, p. 77). Até a linguagem perde espaço para o social. O autor escreveu que a televisão iria provocar uma extensão direta e literal da experiência humana, conceituando com uma expressão muito utilizada atualmente, "a experiência descarnada". Assim, a TV, segundo Arnheim, seria uma pura extensão da visão e prescindiria quase totalmente de linguagem, daí a "descarnação" da experiência: "O estudo das descrições da linguagem se faz desnecessário e as barreiras impostas pelos idiomas estrangeiros perdem importância. O mundo, mesmo em sua amplitude, penetra em nossa habitação³" (ARNHEIM apud KOENIG; HILL, 1970, p. 28).

Quase trinta anos depois, uma nova conjunção de pensamentos: Arnheim (apud KOEING; HILL, 1970) e McLuhan (1974) partem da mesma perspectiva, embora tivessem conclusões diferenciadas. Arheim sustenta que a "experiência descarnada" é própria da televisão, e o meio nada mais é do que uma lente extra para os olhos, assim como McLuhan afirma que a noção de conteúdo é irrelevante para o estudo dos meios e que a extensão sensível proporcionada pela televisão é mais tátil do que visual (MCLUHAN, 1974). "A imagem da TV, visualmente, apresenta baixo teor de informação. Ela não é uma tomada parada. Não é fotografia em nenhum sentido – e sim o incessante contorno das coisas em formação delineado pelo dedo perscrutador" (MCLUHAN, 1974, p. 351). Mas McLuhan afirma que a TV proporciona uma experiência altamente ativa e participativa: o observador é sempre, de um modo real, um produtor associado à televisão. Louis Quéré, quase 30 anos depois, acrescenta:

> A comunicação não é um processo no qual os estados intencionais são previamente providos de suas determinações, onde os fatos e as hipóteses (representações de um mundo real pré-definido) tornam-se mutuamente manifestos, mas uma atividade conjunta de construção de uma perspectiva comum, de um ponto de vista compartilhado, como base de inferência e de ação. [...] A comunicação é essencialmente um

---

[3] "*El rodeo por las descripciones del lenguaje se hace innecesario y las barreras impuestas por los idiomas extranjeros pierden importancia. El mundo mismo em su amplitud penetra em nuestra habitación.*" (Tradução do autor)

processo de organização de perspectivas compartilhadas, sem o que nenhuma interação é possível. (QUÉRÉ, 1991, p. 7)

Estudar a comunicação, como definido por França (1998) é buscar o domínio e o entendimento das interações sociais e das ações recíprocas que regem na vida da sociedade e a inserção dos seus indivíduos. "A comunicação é indissociável da socialidade – ser com, ser junto, solidariedade de base".

A TVE no Brasil

Assim, retornemos às TVEs, pulando novamente o Atlântico, desta vez um pouco mais para o sul, e avançamos um pouco mais no tempo. A América Latina tem a sua própria história da televisão, um híbrido da história americana e da européia, com um toque do modelo estatal. O controle é do Estado, que fornece as diretrizes ideológicas e de manipulação, mas quem mantém (e lucra) é a iniciativa privada. As concessões são diversificadas, porém utilizadas como barganha política entre o poder estatal e as forças políticas mantenedoras do *status quo*. O objetivo comercial esconde a ideologia de controle social, em busca do indivíduo e dentro de uma formação da massa homogênea, com a finalidade de aperfeiçoar o controle do coletivo em geral e do cidadão em particular.

Um argumento bastante usado pelos críticos de TV brasileira é o de considerá-la cópia do modelo americano. Embora haja características importantes em comum, isso não é inteiramente verdade. E uma das principais distinções entre os modelos de TV americano e europeu em comparação com o brasileiro está justamente nas TVEs. No Brasil, as emissoras educativas ficaram à margem das TVs comerciais, como o modelo americano e em oposição ao modelo europeu. No entanto, nos EUA, as TVEs, embora igualmente separadas, estavam ligadas a instituições de ensino ou de interesse social. Aqui, a opção foi o atrelamento ao Estado, de todas as formas possíveis. Os empregados são funcionários públicos; as diretorias, indicadas conforme arranjos políticos; a programação, definida dentro dos padrões de controle social e políticas governamentais; a legislação proíbe qualquer tipo de financiamento por parte de qualquer segmento da sociedade, tornando as TVEs eternamente dependentes do Estado, uma mistura dos modelos europeu e estatal, infelizmente dos aspectos negativos de cada um.

Com a abertura política, nos anos 1980, resultado de um movimento mundial de revitalização da democracia, as coisas começam a mudar. Esse momento histórico afetou diversas áreas e, naturalmente, as TVEs. Assim, era preciso resgatar a utilidade das TVEs e fazer com que cumprissem sua vocação. Havia, no entanto, uma série de dilemas a ser resolvidos. Não coincidentemente, nesse mesmo período, "novas" formas de encarar a comunicação começaram a ganhar mais destaque, e é aí que a história das TVEs definitivamente se engaja com as teorias da comunicação.

A contradição da escola

Mas vamos primeiro aos principais dilemas da "virada" das TVEs. O primeiro, que Joan Ferrés (1996) chama de "contradição da escola", nos fala de dados estatísticos. Conforme pesquisa qualitativa feita pela McCann-Erickson no segundo semestre de 1995, as crianças da classe média de São Paulo costumam ficar entre 3 e 4 horas em frente à TV e 63% delas têm TV dentro do seu próprio quarto (QUADRADO; SOUZA, 1996, p. 43). Dessa maneira, a maioria das crianças fica em frente à TV mais do que de um quadro-negro ou a um professor. Na mesma medida, sabe-se que não há escola que tenha em seu currículo escolar uma disciplina como "educação para a televisão". Essa situação é a verdadeira contradição da escola e resulta daquele outro dilema, mencionado no princípio, do que comunicadores e educadores se digladiavam em torno de um meio que, querendo ou não, faz parte do cotidiano.

Joan Ferrés acrescenta uma pergunta:

> ...se uma escola não ensina a assistir à televisão, para que mundo está educando? [...] Quais os símbolos que a escola ajuda a interpretar hoje? Os símbolos de que cultura? Se educar exige a preparação dos cidadãos para uma integração reflexiva e crítica na sociedade, como serão integrados cidadãos que não estiverem preparados para realizar de forma crítica aquela atividade à qual dedicam a maioria do seu tempo? (FERRÉS, 1996, p. 9)

Ferrés mostra que vivemos um período crucial para a educação, mas nem por isso inédito.

> Quando no Ocidente a letra impressa era a forma de comunicação cultural hegemônica, havia milhões de analfabetos. Hoje em dia, quando a forma de comunicação cultural hegemônica é a imagem, solucionou-se quase totalmente o problema do analfabetismo, mas há grandes massas de analfabetos na imagem. (FERRÉS, 1996, p. 9)

Pelo lado dos comunicadores, os estudiosos da Universidade de Birmingham reconhecem que, na década de 1970, mesmo nos países desenvolvidos em nível das escolas de graduação profissional como a Inglaterra, "muitos estabelecimentos de ensino promovem um ensino sobre o cinema e a televisão, mas de maneira muito superficial" (HALL, 1971, p. 7). Pode-se imaginar nos cursos básicos e fundamentais. Já no novo milênio, pouca coisa mudou conforme os estudos da Unesco (CARLSSON; FEILITZEN, 2002). Para a análise crítica, supõe-se uma visão externa e uma visão interna. Exige-se uma compreensão do meio, não como o mediador proposto nas teorias americanas, nem como o instrumento ideológico, da Teoria Crítica, mas de ambos e muito mais. É necessária a compreensão do meio como uma compreensão da complexidade, dentro de todas as dimensões que possuem variantes e que interferem na relação entre TV e telespectador: tecnológica, psicológica, artística, sociológica, cultural e ideológica. Ferrés explícita quanto a sua proximidade com os estudos contemporâneos da comunicação:

> A abordagem crítica da televisão deveria ser feita sempre a partir da interação. A experiência televisiva é o resultado do encontro de um espectador – com sua ideologia, a sua sensibilidade, os seus sentimentos, as suas emoções e valores – e um emissor – com sua ideologia, os seus interesses explícitos e implícitos, os seus valores e o seu sentido da estética. E tanto o espectador como o emissor estão condicionados por um contexto social e cultural. Não se deveria prescindir de nenhuma dessas dimensões. (FERRÉS, 1996, p. 9)

E não pode haver predomínio de uma dimensão sobre a outra, já que a relação está exatamente no "entre", entre os sujeitos interlocutores e até além deles, entre todos os fatores e dimensões que participam do ato comunicativo, na interação dessas dimensões.

Carlos Eduardo Brandão reitera a inserção do homem na sociedade e o caminho semelhante por que passa o ato de educar com o de comunicar ao relembrar que, no seu ponto de vista, "os gregos ensinam o que hoje esquecemos":

A educação do homem existe por toda a parte e, muito mais do que escola, é o resultado da ação de todo o meio sócio-cultural sobre os seus participantes. É o exercício de viver e conviver que educa. (BRANDÃO, 1995, p. 32)

O dilema da linguagem

A linguagem da televisão é completamente diferente da linguagem da sala de aula. Enquanto nas escolas houve pouca evolução do tradicional quadro-de-giz e do professor, a TV criou uma nova forma de apreensão do mundo. O ritmo dos cortes de cenas nas edições dos programas é cada vez mais frenético. Pesquisa realizada com 300 filmes comerciais nos anos 1940 e 1950 situava a duração média de cada plano entre 12 e 15 segundos (GARCIA, 1996, p. 17). Em 1987, outra pesquisa com 115 anúncios indicava a duração média de 1,54 segundo por plano, chegando a 1,11 segundo nos comerciais infantis (FERRÉS, 1996, p. 17). A MTV, com mais de 200 milhões de assinantes em 75 países, predominantemente jovens de 19 a 30 anos, é um ótimo exemplo; são poucos os planos com mais de 3 segundos. O fenômeno do *zapping*, em que o telespectador, com o controle remoto à mão, troca de canal em um ritmo rápido durante a emissão, anteriormente associado às inserções publicitárias entre os programas, já ganhou o cotidiano do telespectador, tornando-se uma prática que busca a estimulação sensorial. Em estudos recentes na França e nos Estados Unidos, comprovou-se que somente 19 a 33% do *zapping* está associado à publicidade (FERRÉS, 1996, p. 17).

Com essa velocidade, a fragmentação da realidade se ampliou, o conteúdo perdeu importância na transmissão das informações, o sentido humano foi alterado em vários aspectos: não há constrangimentos diante, nem depois, de uma série de pequenas notícias de um telejornal sobre um desastre climático com milhares de mortos e desabrigados em um país asiático, de uma guerra bárbara na África, com corpos ensangüentados nas ruas. No máximo, um sentimento de pena e espanto, mas por poucos segundos, substituído, logo a seguir, pela sensação de alegria pelo gol da cobertura esportiva.

Assim, fica difícil para a linguagem da escola competir com a linguagem da TV! Então, como as TVEs poderiam associar escola e TV, dois meios tão diversos? Como despertar o interesse dos jovens, hiperestimulados pela imagem frenética e pela fragmentação da informação enquanto repassa o conhecimento? Aliás, como repassar conhecimento por um meio que não privilegia o conteúdo, que fragmenta a informação em um ritmo totalmente inadequado para uma sala de aula? Como usar um meio historicamente utilizado para o entretenimento, e mais associado ao recreio, para apoiar e até mesmo substituir a sala de aula?

Dessa maneira, não é de se estranhar que os educadores e os comunicadores andassem em caminhos diferentes, convencidos da impossibilidade de usar a TV, de forma eficiente, para a educação. Ao lado desses dilemas, havia ainda o maior de todos, já exposto aqui: a forte interatividade na sala de aula entre o detentor do conhecimento e o aprendiz do saber, e a ausência de interatividade na mediação da TV com o telespectador, mesmo que haja outras formas de participação. De acordo com França,

> ...a presença e intermediação dos meios técnicos intervém de maneira decisiva na configuração da palavra, das relações dos interlocutores. [...] As relações são impessoais, os interlocutores são anônimos. As

funções e os espaços de intervenção – do emissor, do receptor – são mais definidas, o que não exclui formas de participação diferenciadas. A planificação e institucionalização da produção significam seguramente a construção de linguagens específicas e relações particulares. (FRANÇA, 1998, p. 56)

As mudanças na programação das TVEs

Os produtores de programas que abasteciam as TVEs nos anos 1980 em diante, começaram a se debruçar sobre essas questões dentro de uma perspectiva que levava em conta a complexidade em que atores, meios e sociedade estivessem inseridos. É o que Mattelart chama de "crise do modo de pensamento linear", que afeta toda a ciência e resulta também da mudança das sociedades em busca de sua cidadania. Mattelart sintetiza bem quando diz que

> a figura da centralidade deixa de ser a referência real para deixar lugar ao reconhecimento das diferenças. [...] Com a crise do pensamento linear, é a crise da ciência una que se abre. É também a crise da teoria, é o surgimento do pensamento da constatação, da atenção ao real, mais preocupado de descrever o ordinário, de colar à experiência, de dar crédito ao bom senso, que de tentar uma elucidação teórica que não desembocará imediatamente sobre o vivido. (MATTELART, 1986, p. 8)

Assim, foi inevitável a aproximação de grupos de educadores e comunicadores para, enfim, realizar projetos conjuntos. Experiências nesse sentido, até então esporádicas, começaram a ser uma constante e, atualmente, não se produz programas para as TVEs sem uma equipe integrada de profissionais de ambas as áreas.

Esse já foi um importante passo para melhorar a qualidade dos programas; qualidade no sentido de adaptar o projeto ao meio, a fim de manter o telespectador atento e repassar o conhecimento dentro de critérios educacionais, além de atrair um público cada vez maior. Mas esse não foi o único passo.

Os produtores se voltam para o cotidiano de seus públicos-alvo e enterram de vez as pretensões do princípio das TVEs de educar a todos, sem distinção, nos moldes da comunicação estímulo-resposta em massa da Teoria da Informação e da manipulação/formação da sociedade da Teoria Crítica.

Assim, era a vez de recortar, com mais precisão, o público a ser atingido. A ordem era, ao invés de poucos programas para todos, realizar vários projetos por objetivo e por segmento.

O conceito de cotidiano não se restringe às atribuições do dia-a-dia, mas marca a inserção do homem dentro de uma trama complexa que se estende além das 24 horas diárias da agenda. O cotidiano é também permeado por várias dimensões objetivas e subjetivas. O cotidiano

> se refere ao tempo presente – não enquanto presente absoluto, mas um presente que se renova a cada dia, na forma de outro presente. [...] Presente partilhado, espaço de convivência, o cotidiano é o mundo subjetivo do qual participo com os outros. (FRANÇA, 1996, p. 104)

Assim, esse cotidiano que a todo momento está sendo refeito só é vivido por meio da interação. Mas como fazer isso, se o meio impede a interação pela presença física dos interlocutores tal qual acontece na sala de aula? Bom, já que não havia maneira de participar do estar fisicamente com os receptores, a solução foi buscar a interação no cotidiano subjetivo do público.

Ao mesmo tempo, a idéia do cotidiano como estilo – essa coisa englobante, essa atmosfera envolvente – ressalta uma outra dimensão muito cara no pensamento de Maffesoli, que é a pulsão gregária, a atração do outro. O desejo de se perder na massa, a busca do "aquecimento grupal", são traduzidas pela metáfora do contágio – uma espécie de contaminação (uma epidemiologia) que desempenha um papel fundamental na conformação do social. (FRANÇA, 1996, p. 106)

Os produtores parecem se espelhar nas "realizações dramáticas" de Goffman (1975, p. 27-75) que podem auxiliar na caracterização de determinado segmento de público, que, ao mesmo tempo, valorize a aparência e a cumplicidade como energia de agregação de um grupo social. Os novos programas educacionais buscam uma "centralidade subterrânea" (MAFFESOLI apud FRANÇA, 1996, p. 106), ou seja, algo com que o público receptor possa se identificar e estabelecer um vínculo íntimo, a ponto de agregar o programa dentro do seu próprio cotidiano, fazer o elo para a sua experiência e incorporar, pela interatividade e pela experiência, o conhecimento em sua dimensão objetiva e subjetiva, dentro de sua "representação coletiva", (GOFFMAN, 1975) fazendo parte do "aquecimento grupal" (MAFFESOLI apud FRANÇA, ibidem).

É óbvio que a busca pela identificação do telespectador sempre foi uma característica dos programas de televisão. No entanto, a programação das TVEs se destaca atualmente por diversos fatores novos:

a) Aproximação da linguagem das TVs comerciais. A programação se aproxima do modelo comercial (quase exclusivamente de entretenimento, de valorização da forma e do ritmo alucinante em detrimento do conteúdo) e adapta sua meta educacional em um formato híbrido de transmissão de conhecimento com entretenimento. Assim acontecia em programas como *Vila Sésamo* e assim acontece no *Castelo Rá-Tim-Bum*, onde a fantasia e os atores presentes no imaginário infantil, como a bruxa, o mágico, a fada e os animais falantes, convivem com os meninos e meninas, a jornalista e o entregador de pizza, sem causar alarde. Usando a linguagem da televisão contemporânea, com planos rápidos, cheios de movimentos e cores fortes, que não o descaracterizam de qualquer outro programa tradicional da TV, o ritmo frenético é cortado por vários subprogramas, sustentados apenas por uma tênue linha temática. Esses subprogramas são quase independentes: levam várias informações diferenciadas, compactadas, fragmentadas – bem dentro das características do meio –, mas instrutivas e presentes na experiência do telespectador.

Em Israel, seriados cômicos no formato dos enlatados americanos – bastante consumidos por aquela sociedade, mantida e influenciada pela indústria cultural dos Estados Unidos – colocam em pauta as diferentes culturas étnicas, dentro de um enfoque desmitificador e agregador, usando como pano de fundo situações do dia-a-dia.

Em programa exibido pela TV Cultura, podia-se ver Wilson Marsalis, popular músico jazzista, apresentando um programa, utilizando todo o seu carisma de estrela pop, explicando para um grupo de adolescente, item a item, os processos de construção, o desenvolvimento histórico, as técnicas e tudo o mais que envolvia a música clássica, em parceria com uma orquestra sinfônica para exemplificar cada nova informação.

Em síntese, a freqüente migração dos programas da grade das TVEs para as comerciais – *Doug, Confissões de Adolescente, Mundo de Beakman* – mostram como, cada vez mais, tais programas estão sintonizados com as demandas dessas emissoras.

b) Valorização da diversidade cultural. Até pouco tempo atrás tentava-se impor uma cultura geral pela desqualificação da cultura regional, por diversos fatores técnicos, políticos e sociais. Atualmente, programas que tratam de culturas nem sempre próximas à nossa são veiculados, e percebeu-se que não há estranheza, mas um despertar para diferentes realidades e interesses.

O desenho animado *Meena*, com animação compatível com os seus concorrentes comerciais e ritmo ágil de novelinha, produzido pela Unicef na Ásia Oriental e reproduzido em todo o mundo pelas TVEs, inclusive no Brasil, enfocava temas culturais regionais tradicionais daquela região do mundo, como o casamento obrigatório das meninas com o noivo indicado pelo pai, o desestímulo do ensino para as mulheres, a fome, a falta de saneamento básico e o desemprego sofridos pelos povos daquela região.

Um dos apresentadores da série *Lá vem História*, produção da TV Cultura de São Paulo, não esconde que é gaúcho e adapta as histórias que conta à cultura do Rio Grande do Sul.

Programas como *Repórter Eco* e *Planeta Terra*, também da Cultura, são uma espécie de *Globo Repórter*, com uma linha investigativa de telejornalismo e a estética de belas imagens, além de ter uma intensa preocupação com o meio ambiente e sua preservação. É associado não unicamente à natureza, mas às culturas regionais e suas tradições históricas, atuando em dois sentidos fundamentais para a sua continuidade: o primeiro registro e a disseminação via mídia de massa, com o objetivo de mostrá-la como uma realidade própria com direito de existir tanto quanto as outras realidades.

Em *Conte uma História*, produção da BBC, histórias contadas na Ásia Ocidental são recolhidas e transportadas para o vídeo; no entanto, com imagens quase sem animação, desenhos de livros infantis e apenas um narrador, como se alguém lesse uma história para um ouvinte, respeitando a tradição da oralidade das histórias originais.

Esses tipos de programa têm a pretensão de mostrar o mosaico de realidades que formam a humanidade, que a partir do momento em que é exposta, mostra a diversidade de todo o quadro; reforça o direito e a necessidade de existência de cada uma das peças.

c) Variedade rítmica. Em *Conte uma História*, há outro exemplo de apropriação da linguagem das TVs comerciais. Aproveitando da hiperestimulação oferecida pelas emissoras comercias (e pelas TVEs), o programa oferece uma alternativa contrária quando emprega um ritmo suave, com planos longos, sem movimentos significativos, sem alterações de áudio, enfim, sem a estrutura de um videoclipe. Antes de parecer contraditório, é um exemplo de uma série de produtos que oferecem uma espécie de descanso para quem assiste às demais emissoras e produtos de televisão.

O Professor, outra antiga produção da TV Cultura de São Paulo, estende por 30 minutos uma demonstração de experiência do tipo feira de ciências, baseando-se apenas nas explicações de um jovem nissei – inclusive, com muito pouco talento artístico para a TV na época –, dentro de um cenário único, com cortes econômicos, apenas como ilustração, e não com o objetivo de dar ritmo.

Isso não quer dizer que não há produtos que utilizem todo o potencial tecnológico e levem ao limite a hiperestimulação sensorial em prol da educação. Isso acontece com o *Mundo de Beakman*, uma superprodução americana exibida ocasionalmente pela Cultura e que já fez parte da grade de programação da Rede Record. Nele, um cientista maluco, um clichê tradicional, com a ajuda de uma secretária doidinha e seu rato de laboratório – mais clichês – desvenda os segredos da ciência com informações e experiências, inclusive com receitas para repetir em casa. O programa é dinâmico e ágil, com um ritmo alucinante, superior ao da grande maioria dos programas tradicionais.

d) A busca pela identificação. Falando em clichês e estereótipos, o melhor exemplo é um seriado brasileiro, *Confissões de Adolescente*, produzido por uma produtora independente e veiculado na Cultura e na Bandeirantes. Sua estrutura dramática comprova a intenção dos produtores em buscar o subjetivo, a interação pelo cotidiano, a utilização de imagens familiares, para chegar até o íntimo do receptor. Em *Confissões de Adolescente*, uma série protagonizada por uma família constituída de um pai separado com quatro filhas adolescentes, as meninas andam com roupas curtas e coloridas, sem a intenção da erotização, e falam de temas caros para essa faixa de idade, como sexo, drogas, escolhas profissionais e relacionamentos afetivos. O objetivo é fisgar o adolescente pela identificação, tanto pelo seriado quanto pelo processo de "contaminação", como diria Maffesoli (*apud* FRANÇA, 1996, p. 106). Com um tema específico por programa, o enfoque é sempre alguma espécie de dilema que é importante para esse público, tratado do ponto de vista não do adulto, mas do adolescente. O adulto chega a ser um intruso e geralmente ignora o que acontece à sua volta.

Da mesma maneira foi produzido *Doug*, um desenho animado americano, de muita qualidade visual e com feições comerciais (tanto que, depois de ser exibido pela Cultura, foi para o SBT), que segue os mesmos padrões do *Confissões de Adolescente*, mas é voltado para um público de faixa etária um pouco mais baixa (10 a 15 anos).

e) Apropriação da tecnologia. O item aproveitamento tecnológico é o melhor exemplo da apropriação da potencialidade do meio TV pelos educadores. *Um Salto para o Futuro*, reúne, através de sinais abertos via satélite, em auditórios de várias capitais, professores de todo o País, que discutem ao vivo e entre si problemas sobre a educação, do ponto de vista não da política educacional do Governo, mas da sala de aula de Manaus, de Porto Alegre, de Natal e de cidades pequenas do interior, representados por quem estiver presente. A central no Rio de Janeiro serve apenas como ponto de encontro e traz alguns educadores experientes para participar de uma troca de experiências. Não chega a ser um debate, é uma interação simples; por exemplo, "eu tenho um problema aqui em Campo Grande. Como vocês aí em João Pessoa resolvem?"

A TV Ceará utiliza seu sinal de satélite para ter uma das maiores redes de teleeducação do País, com programas próprios veiculados em sala de aula para complementação dos trabalhos do professor, que não é substituído, mas instrumentalizado. O formato dos programas é semelhante ao do *Telecurso*, da Fundação Roberto Marinho, com uma diferença fundamental: é regionalizado, trata de temas dentro do contexto social e histórico do Ceará e chega a usar a linguagem própria de algumas de suas regiões.

Todos esses exemplos são histórias de sucesso, programas que têm índices de audiência significativos dentro de seu público buscado e, portanto, cumprem a sua missão de chegar a quem se destina. Há muito mais exemplos, no Brasil e no mundo todo. Esta "chegada" ao público está sendo feita por caminhos semelhantes aos dos programas comerciais, mas que conseguem ir mais longe por tratar a comunicação e a educação como processos complexos em que fatores sociais, a cultura, a experiência e a interação entre todos os seus elementos formam um ato dinâmico de transmissão de conhecimento. Esse caminho buscado pelas TVEs, que se confunde com a evolução dos estudos de comunicação, mostra estar ainda em pleno desenvolvimento e contaminando outros setores, como as já citadas veiculações de programas educativos em emissoras comerciais.

Claro, poderia ser bem mais, mas já é uma esperança.

Apresentadora x séries? Caracterização e contextualização dos programas infanto-juvenis

Vamos conversar sobre dois dos principais modelos de programas voltados para as crianças: (1) os conhecidos "apresentadora-auditório-desenhos", com eventuais pequenas reportagens e dramatizações, e (2) as séries nacionais com núcleos dramáticos, que se auto-intitulam como "educativas". Como exemplo do primeiro temos *Angel Mix*, sucesso de Angélica nos anos 1990, e *TV Xuxa*, que dá continuidade ao reinado da apresentadora Xuxa Meneghel, ambos da Rede Globo. Do segundo modelo, *Castelo Rá-Tim-Bum* e *Cocoricó*, da TV Cultura de São Paulo.

Modelo *Castelo Rá-Tim-Bum* e *Cocoricó*: séries com núcleo dramático

Castelo Rá-Tim-Bum é uma produção da TV Cultura de São Paulo, financiada pelo sistema integrado das indústrias paulistas, comandado pela Federação das Indústrias do Estado de São Paulo (FIESP). Vencedor de vários prêmios internacionais, foi produzido por uma ampla equipe de profissionais com supervisão pedagógica. É exibido, ocasional e diariamente, desde 1994, em vários horários pelas emissoras públicas e educativas. São 90 episódios de 27 minutos, com uma estrutura narrativa com princípio, meio e fim, que, mesmo independentes entre si, conservam a mesma estrutura dramática e os mesmos personagens centrais. A maioria das histórias transcorre no castelo do Dr. Vítor, um mágico com 3.000 anos de idade, que mora com sua irmã Morgana (de 5.999 anos) e seu sobrinho atrapalhado Nino, um "menino" de "apenas" 300 anos, que se ressente de não poder ir à escola como os outros garotos. Dessa maneira, Nino atrai três crianças (Pedro, Biba e Zequinha) para o castelo, onde vivem as mais diversas aventuras.

No *Castelo* há ainda um grande número de outros habitantes, mágicos, como a cobra falante Seleste, as fadas do lustre, o Gato Malhado, o Relógio e o Porteiro. Há ainda os visitantes regulares, como o entregador de pizza Bongô, o extraterrestre Etevaldo, a Curupira do folclore indígena brasileiro e o vilão Dr. Abobrinha. Personagens de carne e osso dividem o espaço com bonecos, sapatos e dedos falantes. Ao todo são 27 alternativas de quadros temáticos, que se revezam pelos episódios conforme a trama de cada um. Um determinado tema, geralmente ligado a um valor social (discriminação social, higiene, verdade *versus* mentira), serve de referencial a ser explorado durante o episódio, em maior ou menor medida.

O programa segue a vertente de projetos infanto-juvenis para televisão com quadros e esquetes com conceitos pedagógicos dentro de uma trama ambientada em um pequeno universo com personagens permanentes, convivem harmoniosamente pessoas de carne e osso e bonecos falantes. O primeiro grande destaque dessa linha é o *Vila Sésamo*, programa que foi idealizado na Inglaterra, popularizado nos Estados Unidos e teve o modelo importado para os países da América do Sul nos anos 1960. No Brasil foi adaptado pela TV Cultura de São Paulo e pela Rede Globo, as mesmas produtoras do *Castelo Rá-Tim-Bum* e *TV Xuxa*, respectivamente. O segundo projeto de destaque foi igualmente uma co-produção da Rede Globo e TVE do Rio de Janeiro com o *Sítio do Pica-Pau Amarelo*, uma adaptação das obras de Monteiro Lobato nos anos 1970 e 1980 e retomada no início dos anos 2000, agora produzido apenas pela emissora comercial. Nos três casos, os programas se assemelham muito em sua estrutura dramática, com a presença de um adulto sábio e catalisador (Juca/Gabriela na *Vila Sésamo*, Dona Benta no *Sítio do Pica-Pau-Amarelo*, Dr. Vítor no *Castelo Rá-Tim-Bum*), um personagem central atrapalhado, mas valente e destemido (Garibaldo, Emília, Nino), uma figura que caricatura o mal (Gugu, Saci, Mal), crianças coadjuvantes, bonecos falantes. Outra característica importante é a utilização de valores nacionais, além dos conceitos pedagógicos universais. Todos os projetos também são acompanhados, desde a produção dos roteiros, por pedagogos.

Com exceção da presença de humanos, a estrutura se repete no atual sucesso da rede educativa paulista, o programa com bonecos manipuláveis *Cocoricó*. Júlio – a figura central e destemida da série – é um garoto de seis anos que mora no sítio com seus avós. Compartilha com seus amigos – entre eles, um cavalo, três galinhas, uma vaca e um papagaio – dúvidas próprias das crianças e defende a natureza. Episódios igualmente com temas centrais "educativos", ainda dividem o espaço com videoclipes de músicas próprias e adaptadas de canções clássicas infantis e dicas de brincadeiras.

Cada personagem desses programas tem uma espécie de uniforme em todos os episódios. Há apenas algumas variações conforme a necessidade da trama. As roupas têm cores fortes e contrastantes, fáceis de identificar, mas geralmente estilizadas. Os dois bruxos principais de *Castelo*, por exemplo, se caracterizam como tal, mas fogem da tradicional indumentária dos feiticeiros: não usam chapéu, varinha-de-condão, nem capa. Esses elementos estão presentes, mas retrabalhados, estilizados. Em *Castelo*, Pedro usa uma cartola em vez de um boné; Bongô, o entregador de pizza, tem a sua cor negra realçada, usa longas tranças rastafári por cima de uma roupa multicolorida. Em *Cocoricó*, Júlio usa roupas típicas do interior, como macacão e chapéu; as galinhas têm laços na cabeça e o cavalo Alípio usa gravata com listras.

Grande parte da trama dos episódios acontece em locais de rápida identificação, em torno de um centro dramático. No *Sítio*, as aventuras acontecem na mata e em outras localidades próximas da casa de D. Benta. Em *Vila Sésamo*, a rua em frente ao comércio do Juca servia como o referencial central. Em *Cocoricó*, geralmente os personagens estão dentro do paiol ou na casa dos avós de Júlio. Em *Castelo*, a maioria dos acontecimentos ocorre dentro dos cômodos: na cozinha, no quarto do Nino e da bruxa Morgana, na sala de TV ou na biblioteca, que circundam o *hall*. Há uma predominância do salão principal, onde está a árvore em torno da qual o *Castelo* foi construído (como fica claro na vinheta de abertura que mostra a sua construção). O cenário desses cômodos remete aos seus similares nas casas antigas e tradicionais, com elementos comuns, como relógio de parede, estantes, mesa de cozinha, geladeira, livros, caixa de brinquedos. No entanto, por se tratar de um lugar mágico, os objetos são estilizados, um tanto exagerados em suas principais características. Novamente se repete a estrutura das cores das roupas, que combinam e contrastam com o cenário. Eventualmente, há gravações externas que utilizam cenários naturais do ambiente, sem muita interferência. Há também cenários virtuais, gerados por computador.

A trilha sonora é composta especialmente para os programas, e várias composições têm a função de transmitir conteúdos pedagógicos. As letras têm grande destaque e diversos quadros são dedicados apenas à sua execução e dramatização. Em *Castelo Rá-Tim-Bum* um dos quadros de maior sucesso entre as crianças é o que envolve um ratinho, feito em animação de massinha, com suas canções que passam noções de higiene. Em *Cocoricó*, as músicas da turma do Júlio conquistaram seu espaço de tal maneira que os DVDs com a coletânea dos clipes lideram as vendas dos produtos licenciados e foram recordistas do gênero nas lojas em 2005.

Durante todo um episódio, destacava-se determinado tema sem, no entanto, chegar ao didatismo. Ainda assim, algumas questões são explicitamente abordadas em quadros específicos. Em *Castelo Rá-Tim-Bum*, Tíbio e Perônio falam sobre Ciências, abordam temas como a origem das estações do ano ou o sentido do olfato, mas sem se aprofundar. A lareira do castelo mostra as culturas e as línguas de outros países; o quadro mágico exibe uma grande obra das artes plásticas, os passarinhos reproduzem o som de instrumentos musicais; Morgana conta a história; o Ratinho aborda a higiene; o Gato introduz a leitura; os dedos brincam com a Matemática; a caixa mágica mostra coreografias de dançarinos; o osciloscópio, as formas geométricas. *Cocoricó* tem o quadro Diário do Júlio, em que o menino conta suas aventuras sozinho no seu quarto.

O bem e o mal não são inteiramente delineados. Não há uma explícita abordagem maniqueísta. Em *Castelo*, os personagens até convivem com um personagem chamado

Mal, um boneco animado que, embora tenha esse nome, não mete medo em ninguém e brinca com os outros personagens. Somente Mal se acha mau e sua principal arma é a paradoxal "gargalhada fatal". Até mesmo o Dr. Abobrinha, o vilão que quer comprar e derrubar o castelo, se mostra resistente em cumprir sua vilania e, quando finalmente consegue a posse, acaba mostrando um lado "bom" e o devolve. Em *Cocoricó*, os vilões são o Dito e o Feito, duas doninhas igualmente desastradas.

A linguagem adotada é coloquial, mas não há muita utilização de gírias. Percebe-se uma preocupação com a utilização correta da língua portuguesa, no entanto, sem frases pouco usadas no cotidiano. As formas verbais com pronomes que mais poderiam agredir a gramática ("vi elas") não são substituídas por sua correta utilização ("eu as vi", distantes da linguagem coloquial), mas evitadas. Raramente há utilização de discurso direto com o telespectador. Procura-se, por meio da interpretação dos atores e dos bonecos, utilizar palavras e frases comuns no discurso dos telespectadores infanto-juvenis. Quando Nino protesta com o tio, grita "que droga de vida". Zequinha repete, com insistência comum às crianças menores, "por quê?", no que é respondido pelos mais velhos impacientes "Porque sim, Zequinha!" (gancho para outro quadro em que o ator Marcelo Tas responde que "'porque sim' não é resposta" e explica a dúvida). O jargão do Júlio, em *Cocoricó* é "puxa, puxa que puxa!".

A audiência é "chamada", no entanto, algumas poucas vezes a participar por meio de olhares dos personagens diretamente para a câmera que, nesse sentido, serve como olhos do público. A cumplicidade é pretendida com a utilização de frases repetidas na introdução de determinados quadros, como se avisasse e convidasse o telespectador para o que ele verá a seguir. A frase é dita olhando para a câmera, esperando que a conclusão seja do telespectador. Uma diferença não existe mais. Os intervalos, embora curtos e somente poucos por programa, já não mais se diferenciam das emissoras comerciais como há alguns anos. Veiculam propaganda tradicional, de produtos voltados para as crianças, além de chamadas para outros programas da grade da emissora, além de publicidade dos próprios produtos licenciados, como os DVDs e os livros dos programas da grade de programação. E, ainda nos últimos anos, o comercial foi incorporado dentro do programa. Ao se iniciar um bloco, um letreiro percorre o rodapé da tela anunciando que os DVDs contendo os episódios podem ser adquiridos pelo telefone. O letreiro não é original do episódio e não está encaixado à trama.

O Modelo *TV Xuxa* e *Angel Mix*: apresentadora + desenhos

TV Xuxa e *Angel Mix* são produções da Rede Globo. O primeiro dá seqüência aos diversos programas da apresentadora nos 20 anos de contrato com a emissora carioca, após despontar na antiga Rede Manchete. O segundo foi ao ar nas manhãs de segunda a sexta-feira, de 1996 a 2001. São os nossos exemplos do tradicional formato de "apresentadora-desenhos-auditório", comandados por dublês de atriz e cantora, atuando entre blocos de desenhos animados e "enlatados" norte-americanos, "conversando" com o telespectador, entrevistando artistas, dançando e cantando músicas próprias e intermediando disputas do tipo gincana com crianças e adolescentes da platéia. Tais programas sofrem discretas, mas constantes, modificações, resultado da concorrência no segmento, como o próprio *Castelo* e *Cocoricó*, e projetos como o *Bom Dia & Cia*, no SBT, comandado pela apresentadora Eliana[1]. Essas modificações não alteraram significativamente a estrutura fundamental do programa, mas agregam características dos concorrentes de maneira explícita, como a adoção de um tema central (não necessariamente de valor social), segmentação do público (mais infantil no início da manhã, sem auditório e falando de temas como "direitos da criança", "amadurecendo" até um auditório formado por pré-adolescentes e adolescentes), quadros com pretensões mais "educativas" (Angélica atuando como "professora" em uma sala de aula, ou o quadro *Garrafinha* em que bonecos conversam sobre dúvidas comuns das crianças, ou Xuxa "ensinando" sobre a fauna brasileira no quadro *Planeta Bicho*), histórias com bonecos, quadros com centros dramáticos como *Caça-Talentos* de *Angel Mix* e a bruxa Keka do *TV Xuxa*. Essas mudanças são amplamente divulgadas pela imprensa, que em 1998 se deu conta, por exemplo, de que "o *Angel Mix* também passava a contar com a assessoria de Cao Hamburger, [...] ex-diretor do *Castelo Rá-Tim-Bum*"[2].

---

[1] Eliana saiu do programa no SBT para comandar o *Eliana e Alegria*, na Record, que estreou no dia 12 de outubro de 1998, com cenários projetados pelo mesmo cenógrafo do *Castelo*. Seu programa tinha como diferencial uma segmentação mais estabelecida, voltado para crianças menores. Sem auditório, seus quadros tinham uma característica mais didática, buscando ensinar a construir brinquedos e jogos de adivinhação, sem o ritmo alucinante das concorrentes, e a apresentadora contava histórias sentada ou em um balcão, sem danças e coreografias. O *Bom Dia & Cia* permaneceu, depois, no SBT, apresentado por Jackeline Petkovic. Eliana hoje se dedica a programas para "adultos".

[2] Cf. Concorrência obriga Globo a reformular programas. *Hoje em Dia*, Belo Horizonte, 11 nov. 1998. Tevê, p. 5. A tendência de se utilizar os profissionais criadores do *Castelo* foi amplamente utilizada pelas emissoras comerciais, sendo que, em 1999, dos 5 programas produzidos pelas emissoras abertas, 4 contavam com a direção ou a assessoria de parte da antiga equipe (*Disney Club* – SBT, *Eliana a Alegria* e *Vila Esperança* – Record, *Angel Mix* – Globo).

Os programas seguem a estrutura padrão de "cabeças" (intervenções gravadas do apresentador(a), emoldurando e chamando a exibição de desenhos animados e programas seriados, quadros temáticos, dramatizações e disputas do tipo gincana entre grupos de adolescentes, em um auditório repleto de supostas torcidas. Essas disputas se caracterizam por perguntas de conhecimento geral, questões escolares e da indústria cultural (cinema, atores e personagens de produções voltadas para o entretenimento). A maior parte do programa é constituída pela exibição de desenhos animados – comprovado estatisticamente como a emissão que mais atrai as crianças para a televisão. A programação dos desenhos é eclética, mistura vários tipos de produções: desenhos clássicos do princípio da década de 1960 (*Mickey, Pato Donald*), novas séries de personagens antigos (*Luluzinha, Homem-Aranha*), novos desenhos baseados em filmes de sucesso (*Gasparzinho, Timão e Pumba "Rei Leão"*) e seriados dramatizados, com lutas marciais e monstros interplanetários (*As Aventuras de Jackie Chan, Martin Mystery*). Embora bastante desigual em seus estilos, os desenhos e os "enlatados" têm uma lógica de exibição: o início do programa é voltado para crianças de menor faixa etária e, à medida que a manhã avança, vai-se priorizando o público mais adolescente.

A estrutura desse tipo de programa não é nova; ela existe há 40 anos, conforme Fernando Meirelles:

> Quando os primeiros programas infantis apareceram na televisão, traziam uma fórmula: entre um desenho animado e outro, uma apresentadora num estúdio fazia joguinhos, lia cartinhas, fazia merchandising e as crianças mandavam recados para "o pessoal lá de casa". Assim eram o Pim-Pam-Pum, o Zaz-Trás, a Sessão Zig-Zag e seus seguidores. (MEIRELLES, 1999, p. 263)

Angel Mix e *TV Xuxa*, no entanto, seguem uma quarta geração desse tipo de estrutura: a primeira tinha palhaços e cenários, que simulavam circo; a segunda, uma "tia" como apresentadora; na terceira, crianças ocupam o comando do programa. A atual geração, a mais duradoura, foi iniciada em 1983, na Rede Manchete, com a primeira versão do que seria o *Xou da Xuxa* (Rede Globo). A apresentadora Maria da Graça Meneghel tinha como diferencial o maior apelo à sensualidade: (1) a valorização do físico das apresentadoras com figurinos como saia curta, botas e blusas coladas ao corpo, que destacavam o modelo estético que preconizava a silhueta esbelta (sem ser muito magra), coxas grossas, rosto angelical, pele alva e cabelos loiros; (2) a sedução pelo olhar e pelo discurso, sempre na primeira pessoa e usando palavras que evocassem intimidade; (3) as mensagens discursivas, sempre marcadas pelo maniqueísmo; a apresentadora aparecia como a transmissora dos bons costumes, da diferença entre o bem e o mal, sempre a simulação de um "olhos nos olhos" com o telespectador; (4) as danças sensuais que a apresentadora dividia com as "paquitas", grupo de garotas lindas que dividiam o palco com Xuxa; (5) uma maioria de músicas falando de romances, aventuras amorosas.

Conforme Ricardo Rodrigues, quando ainda era a "rainha dos baixinhos" absoluta,

> ...a Xuxa se enquadra no imaginário das crianças brasileiras como musa, para os meninos, e modelo a ser seguido para as meninas. É a namorada que os meninos gostariam de ter quando crescerem, e a mulher linda e de sucesso que as meninas gostariam de ser quando adultas. (RODRIGUES, 1993, p. 33)

Angélica dá continuidade a essa linha de sucesso que Xuxa retoma e mantém com o seu atual programa. Mas os modelitos sensuais deram lugar a roupas mais sóbrias, talvez pelo amadurecimento físico da apresentadora, mas provavelmente pela própria mudança da opinião pública em relação ao uso indiscriminado desse tipo de figurino. Que, aliás, é variada e praticamente a cada novo programa a apresentadora tem uma nova roupa. São roupas para jovens, comuns nas vitrines das lojas voltadas para esse público. Ocasionalmente usa algum tipo de fantasia ou roupa com alusões aos temas abordados, mas que não chegam a descaracterizar a apresentadora. São utilizadas cores fortes, lisas, com contraste estudado, combinando calçado, tiaras e enfeites no cabelo. Vestidos de corte simples. Angélica tem em sua perna esquerda uma mancha de nascença, uma espécie de marca registrada, que é deixada à mostra em várias ocasiões, estando presente até em suas bonecas licenciadas. As crianças e adolescentes que participam do programa parecem acompanhar a apresentadora no seu estilo de vestir, com exceção de quadros competitivos em que as equipes vestem uniformes de cores fortes, mas distintas, para caracterizar os times em competição, geralmente entre meninos e meninas.

O cenário vai se modificando no transcorrer do programa e conforme a trama. Inicialmente são ambientes fixos, como o interior de um veículo espacial chamado de "Mix Móvel" em *Angel Mix*, ou um escritório *hi-tech* em *TV Xuxa*, mas sem auditório. As apresentadoras costumam contracenar com crianças que se vestem de bichos, abordam mais enfaticamente um tema ou seguem a linha de uma história curta e entrecortada de desenhos animados ou enlatados. A participação no âmbito geral do programa é muito pequena (cada "cabeça" tem duração média de dois minutos e há desenhos e enlatados de 30 minutos!).

As apresentadoras "agitam" mesmo é no auditório; elas ficam em um palco no estilo de arena, com uma platéia repleta de crianças e adolescentes. A decoração, variável, remete a um ambiente de festa, tecnológico e brilhante, com espaço para as apresentadoras se moverem sem sair muito do mesmo lugar, mesmo quando participam da exibição de coreografias. Pode tratar-se de uma praia tropical estilizada no estilo dos filmes americanos da década de 1960 ou uma ampla nave espacial. O clima é de festa constante, como uma discoteca. Alguns quadros têm cenário próprio ou adaptados como aqueles em que as apresentadoras, e eventualmente as crianças, entrevistam artistas.

A platéia tem função de cenário e de "escada", além de oferecer "mão-de-obra" para as gincanas e quadros comandados pela apresentadora. Os participantes, principalmente os que estão nas primeiras filas, são escolhidos em agências de figurantes, uma prática comum nos demais programas de auditório da emissora.

> No *Angel Mix*, da Globo, o conceito de produção da primeira fila foi ampliado. Quase todo o auditório (do Angel) é composto de figurantes. Só os adolescentes e adultos normalmente vêm com caravanas, mas as crianças são todas de agências de figuração. Cerca de 20 agências são cadastradas. (COSTA, 1998, p. 41)

Há preocupação em transmitir conteúdo informativo ou educacional, mas sem profundidade. Os textos ditos pela apresentadora são lugares-comuns, já incorporados ao cotidiano das crianças e dos adolescentes. Quando utiliza algum discurso ou um quadro em que pretende passar algum tipo de conhecimento, como História do Brasil ou Geografia, há um nome ou uma data, sem um aprofundamento contextual. Assemelha-se mais a um teste de memória daquilo que os jovens aprenderam em sala de aula do que à transmissão de uma informação nova ou o fortalecimento de uma outra importante. No quadro em que Angélica incorporava uma "professora", e nos demais supostamente "educativos", o conteúdo se repete em sua superficialidade; nunca vai além do conhecimento comum, de tópicos gerais e pouco explorados. A própria apresentadora incorpora o papel de detentora do saber e juíza: faz as perguntas e define os ganhadores das gincanas e dos pequenos concursos promovidos durante o programa.

Os desenhos animados veiculados durante o programa perpetuam o conteúdo dicotômico da luta entre o bem e o mal. Os episódios centram-se em um tema ou um dilema e demonstram, em alguns casos, pretensão em destacar valores morais como honestidade, amizade e esperança, mas sempre associadas à dicotomia da existência de dois lados, o certo e o errado.

A maneira como a apresentadora fala é sintonizada com o ritmo alucinante da trilha sonora. Linguagem direta. Logo no princípio do programa, uma série de jargões como "Bom Dia" são gritados para "acordar" o público. Há uma ampla variedade de gírias, mas um vocabulário limitado, palavras repetidas exaustivamente, entre elas, "gente", "alegria", "praia", "legal", "festa", "você". Esta última dá o tom principal do discurso, dirigido inteiramente ao indivíduo, ao telespectador(a) à frente da televisão naquele momento. O discurso, então, é pessoal. Angélica e Xuxa, apesar de assistidas por milhões de crianças, "conversam pessoalmente" com cada uma delas. O ritmo alucinado das apresentadoras transforma seu discurso em uma série de frases com lugares-comuns, mas dentro do discurso corriqueiro de seu público.

Os intervalos são curtos (em comparação com os demais da emissora), duram em média três minutos. Ao contrário do que se imagina, uma parte significativa dos comerciais não é voltado para as vendas de produtos para crianças. É formado, principalmente, por comerciais de produtos das organizações Globo (chamadas para programas da casa, institucionais da Fundação Roberto Marinho e da própria Rede Globo). Os intervalos são um grande mosaico de "calhaus" (anúncio grátis ou de baixo custo, usado para preencher espaços ociosos), que geram até situações inusitadas como propaganda das revistas *Criativa* ("a revista da mulher criativa"), *Época* e *Globo Rural*, CD da Família Lima e de Emílio Santiago e campanha de regulamentação dos estrangeiros no Brasil. Sem dúvida, produtos e serviços de pouca utilidade para o público que atinge.

Esse dado, inclusive, levanta uma importante pista sobre tais programas quanto aos seus objetivos estratégicos. Há uma quebra de expectativa com relação à análise dos intervalos comerciais, uma vez que a hipótese levantada em torno do programa, caracterizando-o como um instrumento de incentivo ao consumo por parte das crianças, mostra-se abalada, já que a inserção dos comerciais e a presença de *merchandising*[3] não são muito significativas. Falaremos disso adiante.

Angel Mix e *TV Xuxa*: entretenimento e formação de público

Por pertencer ao lado das TVs comerciais, *Angel Mix*, *TV Xuxa* e outros programas do gênero não têm a função de educar, passar conhecimento nem outra característica que se possa atribuir à educação formal. A Rede Globo,

---

[3] "Convencionou-se chamar merchandising em propaganda (no marketing tem significado diferente) a aparição dos produtos no vídeo, no áudio ou nos artigos impressos, em sua situação normal de consumo, sem declaração ostensiva da marca" (TAHARA, 1991, p. 43).

assim como as demais emissoras comerciais, embora seja de concessão pública, não foi imbuída, desde sua origem, do papel educacional vinculado às TVs públicas, mantidas pelo Estado, como é o caso da TV Cultura de São Paulo. Além de servir como fonte de renda para a emissora que comercializa seus espaços durante a exibição, tais programas cumprem o papel mais visível que lhes foi referendado, o entretenimento. Entenda-se entretenimento dentro do conceito do *entertainment* da TV norte-americana, que associa, também, a idéia do espetáculo, do show, com o objetivo único de distrair, passar o tempo, um jogo lúdico com fim em si mesmo.

Outra finalidade, esta subjetiva, é a formação de um público para a emissora. Daí a grande variedade de quadros, todos como miniprogramas que encontram similares na programação da tarde e da noite, os principais horários de audiência.

O entretenimento pelo espetáculo e a formação do público justifica o formato do programa, ocupando parte da manhã da programação da emissora. Música, desenhos, seriados, gincanas, adivinhações, novelinhas, entrevistas, informações resumidas, breves e superficiais, fazem do *TV Xuxa* uma revista de variedades, no sentido de passatempo. De tudo um pouco para passar a manhã. Nesse sentido, não diferente dos demais programas da emissora, pois concentra nas suas horas matinais um resumo do que será a programação da Rede Globo e das demais emissoras comerciais no resto do dia. A síntese da programação comercial. Desde cedo, mostra-se o formato de uma grade convencional.

Mesmo as alterações realizadas eram reflexo da concorrência comercial e da busca pela audiência e não indicavam que o programa estava se voltando para uma proposta social diferenciada de seu objetivo inicial, mas significam uma demonstração de flexibilidade e adaptação ao público. Quando se fala em audiência, não há um caráter pejorativo para a emissora, nem deveria haver, já que lhe foi dado esse papel. Essa posição é assumida explicitamente pelas emissoras comerciais. Angélica já declarou sua admiração pelos programas da TV Cultura, reforçando a distinção dos modelos:

> Como não há um compromisso com o comercial, com o Ibope, a audiência, eles podem fazer aquilo. A gente, não. Por mais que eu faça um programa educativo, que se tente fazer, existe um compromisso comercial. Eles (a Cultura), só têm esse compromisso de educar, sem compromisso com mais nada. Acho isso legal.[4]

Tais programas não são tão lucrativos como os demais da Globo. Como se disse, são raros os comerciais de produtos fora das organizações Globo e que, efetivamente, representam entrada de recursos externos. Raramente há *merchandisings*. Portanto, *Angel Mix* e *TV Xuxa* também têm objetivos estratégicos além de sua comercialização, como a criação de hábitos e a socialização com um público potencial adulto. Cria-se o costume de assistir à Rede Globo desde criança, com esse tipo de formato de programas, para manter cativo o telespectador do futuro. Um modelo diferenciado causa estranheza e, assim, grande possibilidade de rejeição.

Castelo Rá-Tim-Bum: o projeto liberal e conservador da TV Cultura

A TV Cultura de São Paulo nasceu comercial, pertencente aos mesmos Diários Associados da Rede Tupi,

---
[4] Playboy entrevista Angélica. *Playboy*, São Paulo, ago. 1998. p. 55.

em setembro de 1960, e teve como um dos seus principais programas *O Homem do Sapato Branco*, facilmente identificado com os detonados jornalismo-espetáculo e "casos de família" das tardes brasileiras contemporâneas. Tinha grande capacidade de desfilar, durante horas, o que era conhecido como "mundo cão".

> No vídeo apresentavam-se pequenos contraventores (viciados em drogas, agressores etc.), protagonistas de desavenças familiares e outros personagens semelhantes, sempre retirados das camadas subalternas da sociedade. Recebiam severas reprimendas do apresentador, estereótipo do defensor de altos valores morais. (LEAL FILHO, 1988, p. 19)

Com a decadência dos Diários, a emissora é vendida em 1967 ao governo estadual de São Paulo e, após um breve período fora do ar, volta a funcionar sob a tutela da Fundação Padre Anchieta. É mantida pelo governo de São Paulo, em pleno vigor do Ato Institucional n°. 5. A partir daí, nas palavras do historiador Leal Filho, "inicia uma trajetória marcada por projetos liberais, esperanças democráticas, imposições autoritárias e crises dramáticas" (LEAL FILHO, 1988, p. 21).

A TV Cultura vai fazer parte de uma rede integrada de televisão educativa, inicialmente denominada de Sinted (Sistema Nacional de Televisão Educativa), uma decisão política do governo militar, que buscava a centralização (e o controle) de toda e qualquer emissora pública e educativa, principalmente as de fora da órbita federal (estaduais, municipais e de universidades). Torna-se marginal, na perspectiva do modelo norte-americano, e estatal, na perspectiva do modelo soviético.

O projeto de centralização não evolui porque coincide com o processo de abertura e o pouco investimento público nas emissoras. As TVs educativas reforçam seu caminho em direção ao modelo estatal (ligadas aos estados da Federação): eventualmente prestam serviços como apoio à educação e programação alternativa, embora tenham como referencial os programas das emissoras comerciais. A Cultura se destaca pelos investimentos feitos pelo governo do estado de São Paulo, que lhe reserva uma fonte de recursos públicos orçamentária significativa.

A característica mais forte, em maior ou menor medida, da trajetória da TV Cultura foi a hegemonia de uma proposta elitista, que teve dois aspectos fundamentais: (1) a concepção de um modelo de "função social"; e (2) o desenvolvimento de uma política de sustentação.

Em um estudo aprofundado sobre a história da TV, Leal Filho descreve alguns dos depoimentos dos diretores e dos coordenadores de programação que passaram pela emissora, explicitando a utilização da televisão como instrumento de elevação do padrão cultural da audiência. Esse patamar de elevação, no entanto, é construído com base na perspectiva dos dirigentes e dos produtores, como se suas referências representassem o melhor de nossa cultura, distinto da grande massa da audiência e superior à população em geral. Na defesa desse objetivo, a emissora sempre conseguiu alternativas e recursos para sua manutenção e sobrevivência por meio de pressões, movimentações políticas, apoio da imprensa e *lobbies* feitos pelos grupos representativos dessa elite.

A audiência

A proposta elitista da TV Cultura consolidou o seu afastamento do público, reforçou o modelo adotado no Brasil. Isso, no entanto, não perturbava nem perturba os diretores da emissora. Com uma programação voltada para os valores culturais, o objetivo é promover a elevação das massas. Essa postura é suficiente para justificar, do ponto de vista dos coordenadores da emissora, os baixos índices de audiência, uma vez que a culpa é transferida para os telespectadores, incapazes de assimilar os "altos padrões culturais" da programação.

Isso se reflete na despreocupação com os índices de audiência, considerados instrumento das emissoras comerciais para convencer os anunciantes. Ao contrário, rejeita-se, no discurso, a grande audiência. O baixo número de telespectadores é utilizado como um referencial positivo, como uma contraposição à TV comercial e seus programas populares e qualidade inferior. Nas palavras do então diretor-presidente e atual presidente do conselho da TV Cultura de São Paulo, Jorge Cunha Lima, "nós nos interessamos por um universo de audiência, repito. O que quer dizer isso? Aquele programa que a gente faz, buscando a diferença, destina-se a um universo específico" (LIMA, 1998, p. 22). Para Cunha Lima, a audiência universal – almejada pelas emissoras comerciais – é distinta desse "universo de audiência" próprio da TV Cultura:

> A audiência universal [...] é a que produz o paroxismo do domingo, quando estão a avó, a mãe, o papagaio, o gato, a criança, todo mundo assistindo ao mesmo programa. É preciso que o nível da programação caia para você atingir um mínimo denominador comum. Não podemos adotar essa estratégia, sob pena de trairmos a razão de nossa audiência.[5] (SANT'ANNA, 1998, p. 28-29)

Assim, a busca de audiência é outro reflexo da história política que coloca programas como *Castelo* de um lado

---

[5] Cf. SANT'ANNA, José P. O conteúdo é o que importa. *Meio & Mensagem*. São Paulo, 26 out. 1998. Entrevista, p. 28-29.

e *TV Xuxa* de outro. Em 1998, quando ainda era referendado, *Castelo Rá-Tim-Bum* teve uma média de 4% de audiência[6], que mede os telespectadores da Grande São Paulo, contra 12% do *Angel Mix*[7].[8] *Castelo* continua sendo um dos primeiros colocados em média de audiência da TV Cultura, de onde se pode tirar o referencial de público dos demais programas. Já *Angel Mix* e *TV Xuxa* estão longe dos campeões de audiência da Globo, mas são líderes do horário. Ambos os modelos têm posturas distintas entre si, mas idênticas à da política de suas emissoras.

No entanto, é ilusória a visão de que programas como *Castelo* e *Cocoricó* não busquem a audiência quantitativa, e sim a qualitativa, como defende o discurso da emissora. Afinal, é difícil aceitar que os produtores não tenham a intenção de atingir as crianças em geral, e sim um "universo determinado" de crianças. É óbvio que *Castelo* e *TV Xuxa* são idênticos quanto ao objetivo de buscar a audiência abrangente. Os caminhos para atingir essa meta é que são distintos.

O investimento e as limitações

O aspecto político garantiu outro importante diferencial: o investimento. A legislação das TVs educativas, por meio do Decreto-lei 236, do ano de 1967, quando se iniciou a fase pública da TV Cultura, no seu conhecido artigo 13, define que "a televisão educativa se destinará à divulgação de programas educacionais, mediante a

---

[6] Cf. *Folha de S. Paulo*, São Paulo, 18 out. 1998. TV Folha, p. 2.

[7] Cf. Playboy entrevista Angélica, *Playboy*, São Paulo, ago. 1998. p. 48.

[8] Os dados não foram atualizados na data da finalização da pesquisa que originou este trabalho, em julho de 1999, por não ter havido mudança significativa dos índices. Dessa maneira, pode-se perceber a constância dos índices através dos anos.

transmissão de aulas, conferências, palestras e debates". No seu parágrafo único estabelece que "a televisão educativa não tem caráter comercial, sendo vedada a transmissão de qualquer propaganda, direta ou indiretamente, bem como patrocínio dos programas transmitidos, mesmo que nenhuma propaganda seja feita através dos mesmos". Com isso, o governo militar cortava qualquer possibilidade de concorrência, em todos os campos, das TVs educativas com as comerciais. Fechava a possibilidade de comercialização, afirmava sua utilização como instrumento de educação formal à distância e estabelecia a dependência financeira ao Estado. O Decreto n. 236 reforça o modelo estatal híbrido ao norte-americano, o de uma TV educativa marginal ao modelo socioeconômico adotado no País e sustentado pelo financiamento público[9].

Apenas no início dos anos 1990 acontece uma liberalidade discreta com os "apoios culturais", uma espécie de patrocínio disfarçado, já que a legislação continua não dando margem a outras interpretações que não a proibição de qualquer publicidade, direta ou indiretamente. Toda comercialização passa, então, a ser encarada de forma marginal, uma verdadeira desobediência civil tolerada pelo Ministério das Comunicações, responsável pela fiscalização. Atualmente, a legislação não é respeitada pela maioria das emissoras educativas, capitaneadas pela própria TV Cultura de São Paulo que, no início do século XXI, abriu seus intervalos sem qualquer pudor para todo tipo de comercial, dos bancos às promoções das Casas Bahia.

Cada emissora faz a sua medida, umas mais, como emissoras do interior mineiro, que comercializam seus

---
[9] BRASIL. Decreto-lei n. 236/67, de 28 fev. 1967.

espaços como uma TV comercial; outras menos, como no caso da TVE Brasil e dos TVs Universitárias de sinal aberto com seus "apoios culturais" (assinaturas com nome, slogan, marca, animação gráfica do patrocinador). O Ministério sempre fez vista grossa por uma série de fatores: falta de estrutura de fiscalização, ciência do contexto ultrapassado da lei, que não prevê a sustentabilidade das emissoras, intervenções político-partidárias (várias emissoras pertencem aos estados da Federação, a parlamentares, prefeitos e correligionários).

Ainda assim, as possibilidades de investimentos são extremamente limitadas na TV Cultura, transformando grande parte de seus programas em projetos fechados. O financiamento deve ser feito de uma vez só e, para fazer valer um custo-benefício compatível com o investimento, o programa deve ser descolado do seu momento de exibição, obrigando-o a ser atemporal. Essa inflexibilidade tira a possibilidade do programa de se adaptar ao seu público e ao momento, incorporando elementos atuais que o tornariam factual. Como um "pacote", a falta de recursos permanentes e renováveis limitou *Castelo* aos seus 90 episódios e estagnou a sua continuidade[10].

Angel Mix e *TV Xuxa*, obviamente, não têm essas dificuldades, os recursos da sua emissora possibilitaram uma

---

[10] Por várias vezes foi anunciada a continuidade do projeto do Castelo, com um novo formato e nome: *Fazenda Rá-Tim-Bum* (CRUZ, 1997, s/p). No entanto, nunca foi iniciado. Várias vezes foi anunciada e adiada a continuidade, dessa vez com o título de *Ilha Rá-Tim-Bum* ("a prioridade da emissora agora é a "Ilha Rá-Tim-Bum", prevista para ir ao ar em setembro." DECIA, 1999, p. 4; "o infantil 'Ilha Rá-Tim-Bum', de Cao Hamburger, teve sua estréia adiada para o segundo semestre." In: Globo, Cultura e Band adiam projetos. , 11 de abr. 1999. TV Folha, p. 9. O programa efetivamente só entrou no ar em 2002, mas logo foi descontinuado.

flexibilidade, nas mudanças a curto e médio prazo (como as incorporações de elementos de outros programas em sua estrutura) e uma dinâmica visual que permite que ambos os programas tenham constantes mudanças de cenários e um figurino diferente e diário para a sua apresentadora, muitas vezes associado ao tema referencial do dia. Sua flexibilidade, por meio de sua verba de investimentos constante, torna o programa sempre sintonizado com as próprias inovações lançadas pela mídia e aceitas pelo público, retornando o resultado ao telespectador em um círculo vicioso. Os diversos programas da Xuxa têm incorporado experiências dos seus concorrentes diretos. Angélica já conversou com crianças de cerca de 10 anos sobre determinado tema ("Todas as crianças do mundo são iguais" – programa de 15.10.98; "Que cor é a Terra?" – programa de 20.10.98), em cenário fixo sem auditório, inspirado no programa *Bom Dia & Cia*. Incorporou o *Caça-Talentos*, com Angélica como protagonista, buscando oferecer uma seqüência de histórias com personagens fixos, com início, meio e fim, como o *Castelo*. As histórias com bonecos, como no quadro *Planeta Bichos*, no *TV Xuxa*, seguem o sucesso de *Cocoricó*, uma tendência contemporânea[11].

Mas a temporalidade é uma característica que torna o programa descartável como um jornal diário, já que não voltará a ser veiculado. Uma vez mais, *TV Xuxa* mostra ser uma espécie de síntese das TVs comerciais, que se auto-alimentam e geram um universo próprio que gira em torno de si mesmo (revistas e programas sobre TV, apresentação de

---

[11] Cf. MOREIRA, Ricardo. Programas investem em bonecos. *Folha de S. Paulo*, São Paulo, 15 nov. 1998. TV Folha, p. 6 e Bonecos ganham status de estrelas de programas. *Hoje em Dia*, Belo Horizonte, 29 nov. 1998. Tevê, p. 16; reportagens dando conta de uma tendência que está praticamente em todos os programas infantis e alguns adultos como *Mais Você*, da rede Globo.

artistas e grupos musicais do momento, "renovação" estética, mas não de estrutura de quadros tradicionais da televisão como gincana, auditório, esquetes humorísticos).

Os programas que sucederam *Angel Mix*, capitaneados pela Xuxa, tiveram a intenção inicial de ser mais "educativos", sem desenhos, mais dramatizações, mais, digamos, propostas pedagógicas. Não deu certo. Não correspondeu às expectativas da Globo, e o atual *TV Xuxa* rapidamente voltou aos moldes tradicionais do modelo.

História, educação e comunicação

Obviamente não se pode creditar à política todos os rumos que levaram ao distanciamento entre os modelos de programas que inspiraram *Castelo* e *TV Xuxa*. Outros fatores histórico-sociais ajudam a compreender conceitos estigmatizados e fechados como "educação", "comunicação", "divertimento" e "comércio".

Sintomática foi a ilusão romântica do antropólogo Edgar Roquette Pinto, que fundou, por iniciativa própria, a primeira rádio brasileira, a Rádio Sociedade do Rio de Janeiro, em 1923. A sua concepção de radiodifusão não comportava a comercialização de seus espaços, e a rádio deveria ser encarada como uma espécie de clube social, sustentado por doações e sócios. Ficou desolado com a utilização comercial das rádios.

Estavam instaladas as diferenciações de conceitos e posturas, "comércio" *versus* "compromisso social". Um pequeno gesto seu – a doação de sua rádio para o Ministério da Educação sob a condição de não veicular publicidade – gerou conseqüências que persistem até hoje e que contribuíram para ampliar o poço entre a radiodifusão educativa e a comercial. Da concepção de Roquette Pinto e da consolidação da Rádio Sociedade como um veículo público, surgiu a ilusão de que o rádio e a TV poderiam ser veículos de socialização da cultura e da educação no Brasil, fortalecendo a implantação da rede de emissoras educativas por parte do governo e a criação de fundações públicas e privadas, que passaram a funcionar com subvenções do Estado.

Há, no entanto, outra conseqüência, emblemática pela amplitude do problema. A rádio de Roquette Pinto abriu disputa pelo controle das emissoras estatais, uma vez que o Ministério das Comunicações se julgava no direito de controlá-las. Surge, então, uma disputa política e histórica que escancara o distanciamento entre a comunicação e a educação, refletida até em suas principais instituições, como seus ministérios e disputa extensiva, inclusive atualmente, entre seus profissionais. A "educação" foi associada ao compromisso social, ao filantrópico, e a ênfase é no conteúdo. A "comunicação" seria mais descompromissada, voltada para o consumo individual, por meio da fórmula emissor-mensagem-receptor, portanto associada ao comercial (estímulo-resultado), com destaque para os aspectos formais e estéticos. Em um pensamento dividido entre o caráter administrativo da Escola Americana, onde as respostas estavam em fórmulas lineares, e a Teoria Crítica, com o determinismo da manipulação, não havia espaço para conciliações. As fases por que passou a teleeducação no Brasil – principal lugar onde a educação deveria juntar forças à comunicação – mostram os extremos ideológicos e a adoção, por livre interpretação, de cada uma dessas teorias.

Não cabe aqui ampla discussão sobre o embate entre "educação" e "comunicação", que é histórico e se estende igualmente por todos os lados. Mas nas escolas, o conflito sempre foi mais claro. Os meios de comunicação de massa eram vistos como concorrentes do professor, e não são poucos os profissionais que creditam à televisão o insucesso dos estudantes em sala de aula. Afinal, os meios conseguem fazer com que as crianças passem horas à frente do aparelho sem conversar, sem se distrair, prestando atenção e assimilando informações. Tudo o que as escolas não conseguiam fazer. Os comunicadores, por seu lado, não acreditavam na possibilidade de se educar pela TV, ao oferecer fragmentos da realidade, sem contextualização, ditados por um ritmo veloz e sem vocação para aprofundar qualquer que fosse o tema e, dessa maneira, completamente inadequados à causa educacional. Para ratificar essa opinião, a maioria dos programas realizados com um objetivo pedagógico explícito resultou em projetos mais parecidos com aulas filmadas, documentários cansativos e teleaulas sem qualquer atrativo.

De acordo com a historiadora Márcia Leite (1998), a parceria "televisão e educação" passou por três momentos. O primeiro, talvez inspirado pela teoria da informação, tentou levar a tradicional aula para a televisão, numa tentativa de reproduzir a escola. Bastava um "teleprofessor" para dar vazão à concepção de que "o sujeito é moldado pelo meio, os conhecimentos estão fora do sujeito que aprende, bastando apenas serem 'engolidos'" (LEITE, 1998, p. 61), oferecendo o estímulo adequado para que a resposta fosse adequada era a época dos módulos instrucionais, voltados para preencher lacunas, para a memorização e o reforço das aprendizagens curriculares formais. Como extensão das escolas fundamentais, somente havia uma resposta certa. Era só prestar atenção, nem precisava da presença do professor, bastava a TV! Esse momento é, em grande medida, o principal responsável pelo senso comum de que "todo programa educativo é chato". "Realmente era. Muitos ainda são, como ainda são maçantes as intermináveis aulas expositivas da maioria das nossas escolas" (LEITE, 1998, p. 61).

O segundo momento, final dos anos 1970 e começo dos 1980, corresponde à fase do "desligar a TV" como principal movimento contra esse poderoso "demônio", que tinha se transformado em principal veículo de manipulação e massificação cultural (conceitos de livre interpretação da Teoria Crítica) e tudo mais que estivesse associado a ela. A TVE ampliava o seu estigma. Além de ser "chata", agora não merecia nem ser vista.

Castelo Rá-Tim-Bum, em maior medida, e *TV Xuxa*, em menor medida, são fruto do terceiro momento da relação da televisão com a educação, em que escola e televisão podem integrar-se, embora com funções e finalidades distintas. São complementares, podem ajudar-se, mas cada qual tem seu espaço. A TV Cultura saiu na frente nesse momento, com uma série de projetos nos quais comunicadores e pedagogos começaram a atuar mais significativamente em conjunto, mas sem extrapolar seus limites. *Castelo* e *Cocoricó* não são sucessos isolados. Antes deles, uma trajetória ascendente de uma programação extensa voltada para a criança foi necessária para abrir caminho. *Castelo* só existe porque existiram *Bambalalão*, *O Mundo da Lua*, *Ra-Tim-Bum* e *X-Tudo*, projetos que deram certo e reposicionaram a emissora. Antes disso, a TV Cultura seguia dois rumos paradoxais, mas que conviviam no mesmo ambiente: de um lado, a emissora era liberal, porque buscava a formação do cidadão por meio de uma cultura a ser repassada; de outro lado, era conservadora, insistia na fórmula sofisticada e elitista de sua programação. Com duas forças antagônicas em atuação, era natural a estagnação. O norte infanto-juvenil trouxe um público não-priorizado por nenhuma das linhas nem pelas demais emissoras, mas conseguiu uma pequena brecha para a TV Cultura no mercado de televisão, e a emissora finalmente pôde mover-se em uma direção mais determinada.

Já *TV Xuxa*, embora tenha suas raízes na geração de programas de auditório e na consolidação da sensualidade nos programas infantis iniciada pela própria Xuxa, bebe na fonte de outros programas do gênero "educador & comunicador", acompanhando quadros de outros projetos, como já dito, bem como contratação de profissionais que já haviam atuado na emissora educativa. Essa mudança é ainda mais clara com a opção de diminuir o espaço para as cenas de auditório, utilizando-se de cenas gravadas em cenários ou em lugares externos, como os concorrentes de outras emissoras.

O auditório permaneceu porque tem seu lugar justificado[12]. Primeiro, porque está intimamente ligado à origem da televisão brasileira, que foi buscar suas referências no rádio, precursor e principal fonte de inspiração para os primeiros programas[13]; segundo porque a relação manipulação/espontaneidade exercida nos programas de auditório parece ser boa para todos os lados: a emissora tem um instrumento estratégico para fortalecer sua aceitação e seu envolvimento com o público, assim como o público se permite acreditar que a televisão tem tanta espontaneidade quanto sua própria vida. Nas palavras de Mirian Goldfeder:

> ...trata-se de um jogo de forças: ao mesmo tempo que ao setor produtor está aberta diretamente uma

---

[12] Após o término de *Angel Mix*, Angélica se dedicou a programas com auditório, como *Fama* e o quadro Vídeo Game no programa diário *Vídeo Show*.

[13] Em campanha publicitária veiculada em 1999, a TV Alterosa/SBT de Belo Horizonte (MG) propagandeou o programa da apresentadora Hebe Camargo – vinda do rádio e presente nas primeiras transmissões da TV em 1950 – com o sugestivo slogan: "A Loura que deu origem à série".

oportunidade de domínio e imposição, controle e manipulação, para o setor consumidor, da mesma forma, e (está aberta a possibilidade) de participação e manifestação espontânea e autônoma. (GOLDFEDER apud LEAL FILHO, 1998, p. 41) (parênteses nossos)

Parece que há uma tendência pacificadora nos programas infanto-juvenis: eles não querem mais brigar com as escolas e vice-versa, embora ainda enfrentem algumas "caras feias". Mas educador e comunicador têm se aproximado muito porque têm projetos conjuntos que têm cumprido suas metas pedagógicas e comunicacionais. Porém, esses momentos não podem ser vistos como cronologia histórica, já que programas com características do terceiro momento figuraram no princípio da década de 1970 (*Sítio do Pica Pau Amarelo*, *Vila Sésamo*), assim como ainda há programas de Telecurso no ar.

"Droga de vida": o que os programas desejam?

Após respondermos de onde os programas vêm, como chegaram aqui, quem os trouxe, de que maneira eles são apresentados quanto à forma e à estética e em que lugar eles se encontram historicamente, é o momento de inverter o foco de atenção. As questões agora devem tentar olhar os programas em direção ao seu público.

Afinal, o que os programas querem? Quais são as propostas específicas de programas como *Castelo Rá-Tim-Bum* e *Angel Mix*? Ambos os modelos, obviamente, querem se relacionar, se comunicar com o seu público, colocando em comum suas propostas e tendo, em contrapartida, a atenção e a inserção no campo da experiência do jovem. Mas de que maneira os programas buscam isso? O que eles pedem em troca? Qual a proposta de socialização, de comportamento social, e os seus modelos de sociabilidade, de relação com o mundo? Se o entretenimento parece ser um instrumento tão importante aos dois programas, que conceito eles têm de entretenimento? Quais são seus valores?

Não são questões fáceis de responder. Uma mensuração classificatória e estatística, com base na caracterização dos vários elementos, pode trazer uma série de números e análises equivocadas sobre conteúdo quando se trata apenas de estética e formato. Saber quantas vezes são usadas algumas figuras de linguagem, quanto tempo foi dedicado a quadros abstratos ou tramas mais objetivas não dá conta da complexidade que reveste os programas, de sua dimensão de sentido, seja no nível de sua concepção, seja no nível de sua recepção. Uma frase dita constantemente pelo aprendiz de feiticeiro Nino, no *Castelo*, como "droga de vida" não faz do programa um exemplo de práticas mal-educadas. Cada "droga de vida" dito pelo personagem tem sua causa e seu efeito distintos de episódio para episódio, levando-se em conta as particularidades do personagem, embora haja um fio de coerência ligando cada uma das demais manifestações do personagem. E, conforme parece ser a intenção do programa, o "droga de vida" serve muito mais como aproximação e interação com o público-alvo, usando uma frase comum no cotidiano das crianças. A contagem de quantos "droga de vida" são ditos durante os episódios pode trazer dados estatísticos, mas não esclarece sua inserção na proposta de interlocução.

No entanto, embora seja uma tarefa de difícil mensuração, pode-se perceber, após a descrição dos programas realizados anteriormente, alguns fatores que demonstram instrumentos opostos e semelhantes adotados pelos programas para interagir com o seu público.

O entretenimento

Uma resposta clara do que os programas buscam já foi dada antes: o objetivo principal de ambos os programas é a audiência abrangente das crianças. E, mesmo percorrendo caminhos diversos, a idéia de levar entretenimento e educação é presente no discurso dos dois modelos de programas. Assim, a primeira pista para entendermos como são aparentemente tão distintos é analisar sua visão própria da função específica da metade desta equação: qual o papel do entretenimento no programa?

No dia 04 de maio de 1999, Angélica, do auditório, chamou uma reportagem, comandada por ela mesma, de sua visita à Bienal do Livro. Durante a matéria, entre suas falas foram pinçadas as seguintes observações: "leitura é superimportante", "ler é uma grande aventura", "o livro é um grande amigo". Encerrada a curta reportagem, em que a apresentadora manteve seu estilo, animada, caminhando pelos corredores da Bienal e conversando com as crianças, Angélica retoma o comando do auditório e diz: "Agora que a gente viu a matéria da Bienal, é hora de se divertir".

Assim, o descolamento do educativo da estrutura linear do programa mostra a educação como incompatível com a festa do entretenimento, essa, sim, o principal motivo de se colocar o programa no ar. A função do entretenimento nesses programas se confunde com o papel assumido em relação ao seu público. Angélica e Xuxa estão no ar para entreter por entreter, dentro da definição usual de "distrair, divertir com distração ou recreação, divertir-se, recrear-se, preencher o próprio tempo, ocupar-se" (FERREIRA, 1986, p. 666). A educação é um complemento estanque, quase sempre isolado e pode estar cumprindo uma função apenas decorativa, de complemento, como mais um jogo, como resposta às críticas da imprensa e/ou uma diversificação da propagação de seus valores extraídos do senso comum, como veremos adiante. Em nenhuma dessas funções esse tipo de programa cumpre seu papel de educador, pelo menos na visão de Piaget, que, conforme Wood, não acreditava na aprendizagem fora das ações diretas sobre o mundo.

Os piagetianos tendem a ver a instrução direta e as tentativas de ajudar as crianças que ainda não estão preparadas para fazer as coisas sozinhas como esforços prematuros e errôneos que resultam na aprendizagem pelo hábito ou na aquisição de um conhecimento vazio, "de procedimento". (WOOD, 1996, p. 131)

Castelo Rá-Tim-Bum, *Cocoricó* e outros programas do gênero mantêm, também, uma relação muito clara com o entretenimento. No entanto, nesses casos, o entretenimento serve como o principal instrumento de extensão de suas propostas educativas ao seu público. Em *Cocoricó* o entretenimento é fundamentado e provocativo, confunde-se com o educativo, e não é possível distinguir um do outro. Essa distinção poderia acontecer se houvesse instrumentos didáticos claros, como ensinar sobre higiene pessoal, ou se houvesse uma pequena aula sobre a cultura indígena. No entanto, em ambos os casos, o didatismo é substituído pelo lúdico e, conseqüentemente, pelo entretenimento, uma vez inserido em um episódio dramático de uma aventura de um garoto e seus animais da granja. A higiene é discutida em diálogos entre os amigos, e a cultura indígena vem do personagem ocasional, a índia Oriba. É como se *Cocoricó* assumisse o que Wood acredita ser o maior legado de Piaget para a nossa compreensão das crianças: a inspiração "pela capacidade das crianças enquanto aprendizes e enquanto arquitetas da própria compreensão" (WOOD, 1996, p. 380) e de Vigotski e Bruner, que acreditam que "as ferramentas e atividades intelectuais que formam a base da compreensão surgem da interação social e de um ensino em sua maior parte informal" (WOOD, 1996, p. 139).

No entanto, não podemos cair no erro de considerar que *TV Xuxa* possa servir como contraposição desses autores. Vigotski e Bruner, ao contrário de Piaget, creditam algum mérito, conforme Wood, à *"*instrução direta e as tentativas de ajudar as crianças*"*. Eles

> ... as vêem como "matéria-prima" da aprendizagem e do desenvolvimento. Nesses contatos, a criança desenvolve a perícia e herda maneiras de pensar e aprender que se desenvolveram no seio da própria cultura. (WOOD, 1996, p. 131)

O entretenimento deve ser visto por um conceito mais abrangente, levando-se em conta fatores como contexto social e histórico, as experiências e o conhecimento adquiridos, as formas e a importância das interações sociais, da comunicação e da instrução. Todos esses fatores vão definir o papel e a atuação do entretenimento em um determinado momento. Ao contrário do "divertir é estar de acordo" (HORKHEIMER; ADORNO *apud* WOOF, 1995, p. 77) e do enunciado "tu deve submeter-se" (ADORNO, 1987, p. 293), distrair, entreter-se, faz parte da relação de sentido do sujeito com o seu mundo. Não é mais pessoal, é coletivo, é social. Conforme Vera França,

> [...] o viver juntos, a inserção do homem nas malhas infinitas das interações sociais significa também um trabalho permanente de produção e de interpretação de sentido. A vida social compreende, no movimento mesmo de ajuntamento, a instalação do mundo do simbólico; as relações sociais são ao mesmo tempo relações de sentido. (FRANÇA, 1998, p. 43)

O entretenimento, amplamente acusado de estar a favor da massificação alienante da indústria cultural, encontra em *Cocoricó* e *Castelo* elementos para a sua redenção.

Confundindo-se com o educativo, passa a fazer parte das mesmas relações de sentido em que estão inseridos o programa e seu público. E, como já explorado anteriormente, ambos os interlocutores têm participação ativa na construção dessa interrelação comunicativa.

No mesmo sentido, não cabe ao entretenimento do *TV Xuxa* a culpa que lhe é imposta de manter o programa a serviço dessa indústria cultural. Além do contexto histórico do qual emergiu, o problema não está no entretenimento, mas na simplificação que lhe é imposta. Embora tenha prometido ampliar sua utilização, Xuxa acabou por oferecer os mesmos modelos em que foi inspirada e que ajudou a perpetuar. Assim, não é culpando o uso do entretenimento em *TV Xuxa* que se consegue imaginar um programa mais educativo, e sim buscando quebrar o paradigma do entretenimento como um instrumento alienante e cobrando a utilização de suas potencialidades no sentido de ir mais fundo na transmissão e no estímulo ao conhecimento. Tratar-se-ia antes de alterar e enriquecer as relações interlocutivas que estabelece com seu público, acrescentando-lhe experiências e ampliando seus sentidos, como pretende *Castelo Rá-Tim-Bum*.

A busca pela atenção: o que pedem em troca?

Outra pista para compreendermos como os programas se percebem é tentar entender o que eles parecem pedir em troca. Ao que tudo indica, eles querem, acima de tudo, a atenção do telespectador. E como buscam essa atenção?

Em *TV Xuxa*, a busca dessa atenção é explícita. A apresentadora faz grande parte de suas intervenções se dirigindo à câmera, em um ato claro de conversar com o telespectador. Essa é uma característica quase unânime em programas de auditório, em especial os infanto-juvenis. As apresentadoras, em suas intervenções, são alvo de uma profusão de planos fechados e closes em que falam e perguntam (e elas mesmas respondem na maioria das vezes) ao público do outro lado da televisão. Mesmo nas partes do programa que encarna a bruxa Keka no núcleo dramático, Xuxa se dirige à câmera. Dirigir-se aos demais coadjuvantes serve apenas como uma espécie de pontuação, para mudar de um tema para o outro. A estrutura discursiva é narrativa, com a exposição superficial de uma determinada história. Entre uma inserção e outra, entrecortada pela apresentação de desenhos animados e enlatados, a trama deixa uma questão em aberto, para ser supostamente complementada na intervenção seguinte. No entanto, sempre há um grande número de dicas sobre o "mistério", deixando pouco espaço para a reflexão. Em *Angel Mix,* no programa do dia 15 de outubro de 1998, um pergaminho com uma frase em diversos idiomas serviu como linha de condução das intervenções da apresentadora, já que em cada uma os personagens procuravam o que estava escrito. Em uma delas, Angélica apresenta crianças de todas as etnias e diz que "aqui no Brasil tem gente de todo o mundo". A frase, "descoberta" depois, era "Todas as crianças do mundo são iguais", escrita em diversos idiomas.

Esse jogo, assim, é caracterizado por um ritmo muito rápido, questões muito simples, grande número de dicas e espaços entre uma intervenção e outra, ocupados por desenhos e enlatados com narrativas que nada ou pouco têm a ver com o tema que se busca centrar. Ou seja, não se cria um ambiente de reflexão. Mas é importante relembrar que não é isso que o programa quer. *TV Xuxa* incita a interação como qualquer outro passatempo, convidando o público para pequenos desafios, que podem ser resolvidos facilmente ou, em caso negativo, não provoquem ansiedade nem frustração.

Não há alterações significativas nesse método de captação da atenção do público quando se está no auditório. As apresentadoras continuam se dirigindo mais à câmera (e, conseqüentemente, ao público de casa) do que aos participantes do auditório. A estrutura das perguntas permanece a mesma e, algumas vezes apenas, as respostas são dadas pelos figurantes. Os desafios das competições de gincana dos programas têm a mesma estrutura e finalidade das perguntas: passar o tempo sem ansiedade e frustração significativa.

Embora a presença no auditório e as intervenções de Xuxa sejam os principais fatores que caracterizam o programa, já foi dito que *TV Xuxa* é constituído, em grande parte, de desenhos. Assim, há que citá-los, pois também são parte importante, quando não majoritárias, de programas do gênero. São narrativas impessoais e não buscam a cognição do público pelo discurso em primeira pessoa, e sim pelo encantamento estético e pela trama simples e divertida. O mesmo acontece com as ocasionais novelinhas, como *Caça-Talentos* em *Angel Mix* ou a bruxa Keka interpretada pela própria Xuxa, que dirige o olhar para a câmera, na tentativa de estabelecer cumplicidade com o telespectador. A atenção, nesses momentos, é buscada pelo encantamento, da história ou dos personagens, pela estética ou por tudo junto. Movimentações, situações engraçadas do ponto de vista infantil, ritmo acelerado de novas situações, surpresas, personagens inusitados e carregados de referências fantasiosas, tudo isso atrai a atenção do público e estabelece uma ligação com suas percepções e sentidos. Como uma boa história contada em uma mesa de amigos. Nesse sentido, até o mundialmente famoso produto da BBC voltado para a educação de crianças em pré-escola, o seriado *Teletubbies*, não escapa dessa descrição. Aclamados pela crítica televisiva (de passagem pela Rede Globo, mudou-se logo para a grade de programação da TV Cultura de São Paulo), *Teletubbies* é mais um produto que estabelece uma ligação por identificação com um público de menor faixa etária.

Nesse momento, o processo interativo é acionado por alguns fatores: (a) o meio (a TV e a pessoa que conta a história); b) a história (que deve estar associada a situações que liguem o ouvinte às suas próprias experiências e fantasias); e (c) pelos elementos formais (os desenhos, os efeitos especiais, a interpretação e a linguagem corporal de quem conta a história). Escolhidos os desenhos e os enlatados segundo os critérios mencionados, a preferência recai sobre séries com temática de filmes americanos de sucesso (*MIB – Homens de Preto, Bethoven, Gasparzinho, Máskara, Homem-Aranha, X-Men*) ou os já consagrados *Mickey, Pato Donald* e *Luluzinha*.

Uma das raras exceções, o *Ônibus Mágico*, embora se encaixe em todos os critérios, não se assemelha a nenhum dos outros e é eminentemente educativo: seus episódios são temáticos, em torno de noções de Ciência, Biologia, Ecologia, fauna e flora. No episódio de 20 de abril de 1999, em *Angel Mix,* a professora levou os alunos para um passeio no espaço, e a história foi permeada de referências sobre gravidade, órbita estacionária, movimento de planetas e asteróides, formação de cometas, noções de espaço cósmico e navegação. Tudo em um episódio só. *Ônibus Mágico*, no entanto, nunca foi citado nos jornais pesquisados, nem é introduzido com pompa pela apresentadora, como fazia com os *Teletubbies,* como "educativo". Entendemos é que é considerado um desenho a mais, com a função do entretenimento pelo entretenimento, ou que o paradigma de entretenimento *versus* educativo é tão marcante em *Angel Mix*, como notamos na fala de Angélica, que a vocação educativa de *Ônibus Mágico* se torna sufocada, senão incômoda, pela busca da atenção do telespectador. A premissa primeira é manter plena a promessa do entretenimento sem outro objetivo senão a diversão superficial, com apenas alguns relances educativos.

Cocoricó e *Castelo Rá-Tim-Bum* também buscam acionar a atenção do seu telespectador pelos mesmos meios usados por *TV Xuxa* e *Angel Mix*: o fascínio pelo meio, pelas histórias que se identifiquem com as experiências e as fantasias de seu público e os elementos formais, como interpretação dos atores, cenários, figurino, etc. *Cocoricó* necessita igualmente desses fatores para interagir com o seu público.

Esse processo interativo entre programas e público-alvo, ao contrário do que se possa pensar, é feito, inicialmente, entre o telespectador e o meio. Conforme Debray "não se pode separar uma *operação de pensamento*, seja em que época for, das condições técnicas de inscrição, transmissão e estocagem que a tornam possível" (DEBRAY, 1993, p. 243). Se o público não estiver aberto, não tiver as experiências necessárias nem estiver com seus sentidos voltados para aquele tipo de estímulo à cognição, o engajamento não é estabelecido. Uma história contada por um aborígene australiano despertará o interesse da platéia desde que haja o entendimento da língua, um mínimo de conhecimento da sua cultura e o encantamento estético em sua maneira de contar. Debray afirma,

> O sistema dominante de conservação dos vestígios (coleta, estocagem e circulação) serve de núcleo

organizador à midiasfera de determinada época em determinada sociedade. Este termo designa um meio de transmissão e transporte das mensagens e dos homens, com os métodos de elaboração e difusão intelectuais que lhe correspondem. (DEBRAY, 1993, p. 243)

Somente depois do estabelecimento desse núcleo é que a midiaesfera "cresce" e "resultam sistemas instáveis e cada vez mais complexos, à medida que se sobrepõem ou sedimentam, em tumultuosas coexistências, as gerações sucessivas de meios de comunicação de massa" (DEBRAY, 1993, p. 266). E, como elas, todos os fatores sócio-históricos e culturais implicados.

Essa afirmação abre uma discussão já conhecida: a experiência prévia, a socialização, que possibilitariam o engajamento do telespectador, não seriam sistematicamente produzidas pelo próprio meio? *TV Xuxa* pode oferecer munição para a comprovação desse paradigma. Como dissemos anteriormente, o programa nem tem tanta audiência que justifique tamanho investimento por parte da Rede Globo, acostumada a ter índices quatro vezes maiores em seus horários nobres. Mas a formação do público seria justificativa suficiente para a sua continuidade, no sentido de acostumá-lo a se ligar à emissora desde criança, bem como a assimilação do formato tanto dos programas quanto do modelo de programação brasileira comercial. Por meio da perpetuação do modelo, com sua sofisticação e pequenas adaptações momentâneas, *TV Xuxa* estaria somente ensinando ao seu público as experiências que ele mesmo cobraria dos atuais e dos futuros programas. Um círculo vicioso, em constante rotação, para que as crianças e o público adulto em potencial se liguem às suas propostas como emissora de televisão.

No entanto, como são feitas essas sofisticações e adaptações? Por que são feitas? Não seria mais fácil a simples repetição de fórmulas consagradas? Afinal, a cada dia, uma leva de novas crianças começa a assistir a programas como *TV Xuxa*, assim como a geração mais velha é atraída para outros programas. Com um público móvel, diferente a cada ano, a repetição das fórmulas não seria tão desgastante, já que serão crianças diferentes a cada ano. Isso funciona com o *Castelo Rá-Tim-Bum*, veiculado há uma década. Não poderia ter acontecido o mesmo com *TV Xuxa*? Mas, então, por que as constantes mudanças pelas quais passou? E, afinal, por que o programa de Angélica foi cancelado, mesmo depois de cinco "novas fases" entre 1997 e 1999?

Não há a intenção de descaracterizar a TV como um dos instrumentos de controle social, ainda mais quando se sabe que os produtores, em sua maioria, vêm de classes sociais bem acima da média de seus telespectadores. Mas a boa notícia, que abala o paradigma que deveria reforçar, é que esse controle não é onipotente nem ilimitado, nem conforme Heloísa Penteado:

> [...] a TV ultrapassa a possibilidade de constituir um dos processos de controle social e é em si mesma um recurso (chegando mesmo a constituir um risco) que sensibiliza para o novo, que pode criar disponibilidade para a mudança. (PENTEADO, 1991, p. 20)

As mudanças nos programas da Xuxa e a extinção de *Angel Mix* foram um reflexo direto da movimentação da sociedade, seja pela variação de audiência e pela aceitabilidade de outras propostas de programas, seja pela opinião pública, por meio de reportagens, artigos e críticas pela imprensa ou, mesmo, pela percepção dos seus produtores dos novos desejos do seu público – como assistir a programas femininos pela manhã, dando espaço para o *Mais Você*, apresentado por Ana Maria Braga na Rede Globo. A TV é sensível ao novo. Um novo que é despertado por novas idéias, novos valores e posturas sociais. Mas desperto, igualmente, pelas próprias características do meio, em que rapidez, agilidade e tecnologia oferecem condições necessárias para a viabilização de novos enfoques e propostas.

Assim, podemos perceber que *Angel Mix* manteve uma característica importante: a permanente atualização, a sintonia com as novas demandas que seu público apresentava. Com as constantes e sistemáticas modificações sofridas pelo programa, essa interação também é explícita, ocorrendo rapidamente após a averiguação da aceitabilidade de outras propostas em outras emissoras e da análise dos índices de audiência. Assim aconteceu com todos os programas da Xuxa até o atual.

Programas como *TV Xuxa* pedem em troca a atenção da criança e do seu público em geral. Para isso, usa dois mecanismos claros: a palavra direta e os olhos nos olhos dos telespectadores, além de brincadeiras simples das quais todos podem participar e adivinhar ou, pelo menos, tentar e errar sem culpa. A experiência é direta com a tela da TV. Xuxa quer que o público responda à sua pergunta, ao seu olhar, às suas adivinhações. E ajuda respondendo como se fosse a voz do seu próprio público, como alguém que ajuda o seu parceiro em um diálogo, fornecendo a palavra ou frase que momentaneamente não conseguiria pronunciar ou não se lembraria com exatidão naquele instante. Um segundo mecanismo é a flexibilidade do seu programa, ao oferecer o que seu público anseia ou sinaliza, em suas mais diversas formas, com base nos índices de audiência, aceitabilidade de outros programas, infantis ou não, críticas, cartas e quaisquer outras manifestações que possam chegar aos produtores como indício de potencialidades de manutenção e/ou aumento de seu público.

Castelo Rá-Tim-Bum e *Cocoricó* vão em outro sentido, mas não necessariamente oposto, e não no objetivo, que é o mesmo: uma audiência abrangente para o público infanto-juvenil, mas no modelo interlocutivo, que raramente é direto. Quando um dos personagens se dirige à câmera, seu olhar não é a procura de uma resposta; é muito mais em busca de uma cumplicidade, como quem assiste a um jogo com um amigo e, em um dos momentos da partida de futebol, se vira para o colega buscando o apoio com uma frase do tipo "este lance foi falta, não?". A diferença em relação ao *TV Xuxa* é que no *Cocoricó* a resposta raramente está somente nela mesma, na resposta única, ou seja, na criança dizendo a resposta certa ou aguardando a apresentadora responder. A resposta, quando há, pode estar em vários lugares, como no próprio programa ou na experiência da criança em casa, e pode nem estar diretamente encenada na tela. A resposta, sobre o quadro abstrato apresentado na tela mágica do castelo ser belo ou não, não está em quem perguntou ou na memória de quem foi questionado, mas na experiência de quem está vendo, do que entende por beleza, da reação às cores e dos demais personagens, na imagem de vários detalhes da tela, da interpretação do Dr. Vítor, ou seja, depende de vários outros fatores, alguns mais preponderantes que outros, mas nunca há uma única resposta definitiva dada em cena.

As perguntas de Xuxa são objetivas assim como suas respostas. As perguntas do *Cocoricó* e do *Castelo* são uma provocação e as respostas vão depender de o telespectador aceitar responder ou não.

Os diversos quadros do *Castelo* preferem brincar com os vários tipos de experiência própria que seu telespectador pode ter. A caixa mágica, onde figuras geométricas vão se formando em computação gráfica, não tem uma narração explicativa e é acompanhada somente por música. Somente em alguns casos os desenhos se tornam algum objeto concreto como uma bola ou um chapéu em forma de cone. No quadro do piano automático, em que bailarinos vestidos de preto, como notas musicais, dançam em cima de uma pauta, ao som de uma música, também não há narração. Já o quadro mágico expõe quadros famosos de algum grandes pintores e, nesse caso, os personagens chegam a fazer algum comentário. A lareira do *Castelo*, quando visitada pelos personagens da trama, abre-se para mostrar marionetes que, a cada vez, interpretam habitantes de determinado país, inicialmente falando na língua do lugar representado. As marionetes contam alguns detalhes da cultura do país que representam, dizem o nome da língua nativa e ainda ensinam algumas palavras, que são repetidas pelas personagens. Em maior ou menor medida, são assim os demais quadros, uns mais, outros menos explícitos no objetivo de explicar ou fornecer algum tipo de informação.

Com tal variedade de quadros e com diversos tipos de abstração, é natural que o programa não esteja voltado para um só tipo de incitação ao conhecimento e à cognição. Ao contrário, parece que quer testar de todas as maneiras, até das tradicionais. E, em lugar de usar a palavra direta, é ambíguo, indireto, cúmplice. Quer um co-observador de uma experiência, não alguém para um diálogo direto. Não há uma preocupação explícita em adaptar-se ao tempo do espectador ou sintonizar-se com as mudanças nele ocorridas, ainda que *Castelo* e *Cocoricó* não se julguem imunes – ou mesmo não estejam imunes – a mudanças de sintonia no momento de sua exibição.

A amplitude de suas propostas serviria – e lhes dá confiança para isso – como uma espécie de margem de segurança na dupla tensão presente nas representações de laços sociais em produtos da indústria cultural. "Estruturas de identidade e de laço social que se mantêm praticamente inalteradas em todo este tempo e que convivem com outras estruturas que se alteram dinamicamente no mesmo período" (ARAÚJO; MAGALHÃES, 1999, p. 43). *Castelo* e *Cocoricó*, assim, trabalham nas estruturas básicas de maneira mais intensa (como os valores sociais) e mantêm uma larga faixa de interpretações nos seus quadros na tentativa de se manter sintonizado às demais estruturas que, porventura, possam se alterar (como os próprios conceitos e percepções do que é entretenimento).

Os instrumentos dos modelos dos programas infanto-juvenis oferecem vantagens e desvantagens:

a) a palavra direta simula o diálogo e participação efetiva, mas limita a experiência da criança;

b) a palavra indireta aciona a experiência do telespectador, mas corre sério risco de perder-se em uma abstração compreendida por poucos (talvez, em alguns casos, só pelos produtores);

c) a flexibilidade e a adaptação traz agilidade e variedade, mas não há espaço para idéias que necessitam de tempo para ser compreendidas;

d) por sua vez, um projeto fechado, sem possibilidades de adaptações, corre o perigo de se perder no redemoinho de mudanças tecnológicas e históricas, embora possa oferecer a diferentes gerações um projeto que estimule experiências além de um limite histórico.

Embora os programas infanto-juvenis façam suas opções quanto à maneira de buscar a atenção do seu público por caminhos e instrumentos diferentes, o objetivo, nesse sentido, é o mesmo: uma audiência abrangente. A distinção está na expectativa de interação, no lugar que atribuem ao seu "outro". Enquanto *TV Xuxa* acredita na interação automática naquele momento e, com isso, usa os instrumentos citados anteriormente (a palavra direta, a flexibilidade da produção, sintonizada com a opinião pública), *Castelo* e *Cocoricó* buscam a incorporação da experiência do seu público, não somente a experiência público/TV, mas a do seu cotidiano. Enquanto *TV Xuxa* aposta na flexibilidade, *Castelo* e *Cocoricó* se voltam para o básico, para a vivência do cotidiano e o que isso pode trazer para o programa.

Quais os valores dos programas?

Podemos analisar de outro modo como programas semelhantes a *TV Xuxa* e *Castelo Rá-Tim-Bum* se vêem levando em conta os valores que, em seus episódios e na sua produção diária, tentam passar aos seus telespectadores. Afinal, por meio de sua própria pretensão moral, há como mapear seu próprio universo de valores.

E não há programa de TV que não tenha algum tipo de pretensão moral. Como instrumentos de extensão do homem, os meios refletem a estrutura de valores da sociedade em que estão inseridas. Isso não quer dizer que, refletindo, são como um espelho: um objeto inerte e imparcial. Antes disso, são coadjuvantes: em maior ou menor medida – mas sempre em alguma medida – têm atuação e influência no que se reflete.

A grande diferença entre os programas poderia, se resumir no grau de pretensão. *Angel Mix*, *TV Xuxa* e demais programas não trabalham com uma lista longa de valores a ser sugeridos. Como sabemos, o entretenimento pelo entretenimento é o seu forte. Os valores são, nesse sentido, tudo que traga alegria e descontração. Do ponto de vista do *TV Xuxa*, isso é feito pelo ritmo rápido com que o programa é editado, músicas *dance* e da moda, brincadeiras despretensiosas como a dos horários de recreios, gincanas para testar a memória e demais habilidades das crianças, desenhos animados e enlatados e situações cômicas. Como em um circo, paga-se por um espetáculo (no caso do telespectador, o preço pago é o seu próprio tempo), em que o que importa é o espírito leve, o afastamento das preocupações, a valorização da distração sem pretensões.

Mesmo quando trata de valores que poderiam ser chamados de universais (como no exemplo de "todas as crianças do mundo são iguais"), ainda assim são apenas catalisadores de bordões e frases feitas fora do contexto do programa, veiculados em outras mídias e partícipes do cotidiano do público. No programa de 9 de janeiro de 1999, por exemplo, as intervenções de Angélica foram marcadas por uma preocupação ecológica e uma postura didática, isto é, a apresentadora explicava que "boa parte do que a gente come é planta", seguida de pedidos como "ajude a cuidar bem das plantas".

Angel Mix e *TV Xuxa* são exemplos de porta-voz do senso comum, do entendimento cotidiano dos valores da sociedade. Uma espécie de *interpretação da doxa* no sentido que prevê John Thompson, "uma interpretação das opiniões, crenças e compreensões que são sustentadas e partilhadas pelas pessoas que constituem o mundo social" (THOMPSON, 1995, p. 364). O valor cultuado pelos programas, nesse sentido, não seria o cuidado com a natureza nem a luta pela igualdade das crianças, mas os valores comuns do senso comum, que permeiam o conjunto das programações da indústria cultural, nas aulas de História, Geografia e demais disciplinas que abordam temas do gênero. Frases como "cuidar bem das plantas", "toda criança é igual" e "cuide do planeta" não têm o objetivo de oferecer algo novo nem a visão moral do programa, mas de reiterar os valores urgentes.

Os valores, assim, são os consensuais, hoje mais conhecidos como "politicamente corretos". Dessa maneira, não criam atrito, não frustram (na mesma estratégia dos jogos simples), não ousam pelo inusitado; somente trabalham dentro dos próprios valores do seu público. Isso, no entanto, não lhes deixa sem nenhum mérito.

Assim, esses programas reforçam valores adotados pela sociedade, como a preservação do meio ambiente, o combate à discriminação ou, mesmo, o puro e simples direito ao lazer. É um reforço importante, pois vem de figuras públicas e carismáticas como Xuxa e Angélica. O problema é que, simplificado em demasia, banaliza as mensagens e explora superficialmente o seu potencial de comunicação com o público.

Já *Castelo Rá-Tim-Bum* e *Cocoricó* parecem ter pretensões bem mais amplas (o que não quer dizer que as cumpram totalmente). *Castelo* se aproxima de *Angel* e *TV Xuxa* na defesa de valores básicos da sociedade contemporânea, mas abre um leque muito mais extenso e procura explorá-lo sobre seus vários aspectos. Angélica desempenha uma função de reiteração ao dizer, "olhos nos olhos", "é preciso cuidar das plantas". *Castelo* não parece ditar normas ao seu público, mas traz seus valores à tona de forma variada e lúdica. O tratamento é mais argumentativo, os valores aparecem de forma mais fundamentada.

A higiene é um importante valor, caracterizado de diversas formas em *Castelo*. Um ratinho, feito de massa de modelar animada, protagoniza clipes musicais em que toma banho, escova os dentes, recolhe o lixo. A música do banho é envolvente como um *hit* e facilmente assimilável, daquelas canções que aprendemos sem perceber[1]. Quando os personagens vão comer, sempre alguém lembra que é necessário lavar as mãos. Outro clipe em que várias crianças aparecem lavando as mãos traz outra música (composta e interpretada pelo compositor Arnaldo Antunes) de fácil assimilação. Esses vídeos são repetidos em vários episódios sem o temor comum dos programas abertos de ficar cansativos para o telespectador; têm o visível intuito de se fixar na experiência cotidiana das crianças por meio de sua reincidência.

Outro valor apropriado tanto por *Castelo* quanto por *Cocoricó* está presente também em programas como *Vila Sésamo* e *Sítio do Pica-Pau Amarelo*: o trabalho em grupo. Brincadeiras, busca de soluções, aventuras, tudo parece só funcionar se for feito em grupo. Em ambos os programas, são vários os episódios em que os personagens montam gincanas, desfiles de moda, festas, piqueniques. Nino e Júlio, sozinhos, sempre se metem em confusões que são resolvidas depois, em conjunto.

Esse valor se contrapõe a *TV Xuxa,* assim como aos demais programas do gênero, em que tudo é centralizado na apresentadora. Sua autoridade onipresente inibe e impede o trabalho coletivo, mesmo em gincanas nas quais é necessária a atuação de grupos de jovens durante as

---

[1] Uma experiência própria: Bruna, afilhada de minha esposa, é agitada e alegre nos seus 10 anos. Assistindo uma fita do Castelo, no momento da entrada do Ratinho, espontaneamente, acompanha a música. Quando lhe perguntei se gostava da música, a irmã Amanda, de 12 anos, que também acompanhava a exibição, antecipou-se e disse que ela gostava de cantar enquanto tomava banho.

brincadeiras. É Xuxa quem comanda: ela estabelece as regras, é juiz, regula quando deve começar e terminar, define quem são o vencedor e o perdedor. Os desenhos e enlatados são "chamados" por ela em suas intervenções, ou seja, passa-se a impressão de que são exibidos quando e porque ela assim o deseja.

O valor da autoridade também está presente em *Castelo Rá-Tim-Bum*, principalmente na figura do Dr. Vitor e, em parte, na de sua irmã, a bruxa Morgana (D. Benta, no *Sítio*, e Gabriela, em *Vila Sésamo*, e a avó de Júlio, em *Cocoricó*, igualmente se encaixam no exemplo). Nino e as crianças temem e respeitam a autoridade. Dr. Vítor e a "tia" Morgana se dividem entre manifestações iradas, ensinamentos didáticos, conselhos pessoais, incentivos e participação em uma ou outra brincadeira. Valores que se esperam de um adulto. No entanto, é uma autoridade quase estilizada. O principal castigo de que Nino tem medo, do qual Dr. Vitor o ameaça frente a uma possível quebra de sua autoridade, é "transformá-lo em um sapo verde com olhos esbugalhados". O "beliscão" dado por Morgana é virtual, feito à distância, sem que ela encoste no sobrinho; é mágico. Ambos os tios demonstram autoridade, mas igualmente contrapõem essa autoridade com atitudes fora dos parâmetros ditos "maduros", como fantasiar-se, armar armadilhas, inventar histórias e brincadeiras.

A curiosidade é um dos valores do *Castelo*. A pretensão é incitar a compreensão e as respostas fundadas. Trata-se de uma meta tão buscada que tem até uma paródia dentro do próprio programa, no quadro "Por que sim não é resposta!" Os personagens chegam a ficar impacientes com o garoto Zequinha, assim como Dr. Vítor com o Nino, que emplaca uma série de "porquês" tal qual as crianças. Um ator explica, usando recursos visuais e gráficos, questões simples, mas inusitadas: por que choramos quando ficamos emocionados, por que ficamos vermelhos quando estamos com vergonha, por que o mar sobe e desce na areia da praia. Outras questões são explicadas pelos cientistas Tíbio e Perônio, igualmente instigados pelas dúvidas dos personagens. Perguntas são feitas o tempo todo, e os personagens têm a necessidade de buscar as respostas que geralmente aparecem após algum esforço. É como se a curiosidade necessitasse do esforço e de força de vontade para ser satisfeita. Um esforço intelectual exigido também do telespectador em muitos dos quadros, nos quais é fundamental a capacidade para compreender algumas questões.

Já em *TV Xuxa,* não há espaço para a curiosidade. Tudo tem sua resposta pronta, rápida e sem esforço. Mesmo em quadros e momentos em que existe uma pergunta e há tempo para que o público possa "pensar" na solução do problema não são dados elementos suficientes para que o telespectador acione a sua experiência e/ou o seu cotidiano para se interessar em buscar a resposta por um esforço movido pelo desejo de conhecer – motriz da curiosidade. São perguntas diretas para as quais só cabe uma resposta certa, e o que é acionado é a memória do público, não o seu raciocínio motivado, a curiosidade e a aventura da busca do conhecer.

Em *TV Xuxa* também não existe a dicotomia entre o bem e o mal nas intervenções de Xuxa; parece só existir o bem. No entanto, nos desenhos animados e enlatados, estão bem colocados os "mocinhos" e os "bandidos". No *Castelo,* essa dicotomia é questionada pelo próprio personagem Mal, um boneco mal-humorado e atrapalhado, mas que nada tem de maquiavélico. Não que o programa abra mão da distinção. A vilania está presente no personagem do Dr. Abobrinha, uma espécie de corretor de imóveis que quer derrubar o *Castelo* e construir um prédio de 100 andares. Mas é um mal não muito levado a sério; como é muito trapalhão e pouco inteligente, facilmente é descoberto pelas crianças do *Castelo*. Para minimizar ainda mais sua "maldade", tem manifestações de crises de consciência e quando, finalmente, consegue obter o *Castelo*, acaba devolvendo-o ao Dr. Vítor.

O certo e o errado, no entanto, recebem tratamentos diferentes nos programas. Xuxa e Angélica ditam o que é certo e o que é errado. Cuidar das plantas é correto. Não cuidar do planeta é errado. Nas gincanas existem as respostas certas e as erradas. Quem acerta ganha o prêmio de vencedor; quem não acerta, leva um prêmio de consolação – diferentes geralmente só no discurso, já que são muito semelhantes na prática. Os desenhos e os enlatados colocam claramente quem é o certo e quem é o errado.

Castelo não define inteiramente essas questões. Os personagens não são perfeitos, e seus valores pessoais podem ser questionados. Nino é "birrento", desobediente e repete "droga" várias vezes, o que não deixa de ser um xingamento e um sinal de malcriação. Zequinha chega a ser irritante com tantos "porquês", Pedro é machista, a cobra Seleste é egoísta e afetada, Dr. Vítor é mal-humorado e sem muita paciência com o sobrinho. Embora os valores como a higiene, a necessidade do trabalho em grupo e a curiosidade sejam preconizados explicitamente pelo projeto do *Castelo*, não há uma abordagem direta do tipo "é certo lavar as mãos antes de comer", "procure brincar e trabalhar em conjunto" e "é importante buscar as respostas".

Assim, buscando sintetizar essa questão, poderíamos dizer que *TV Xuxa* e *Castelo*, em princípio, partilham valores comuns que seriam os valores consensuais da sociedade e já preconizados por outros meios de comunicação.

No entanto, o tratamento empreendido por eles é extremamente diferenciado: direto e maniqueísta em *TV Xuxa*; indireto e complexo em *Castelo*. *TV Xuxa* também se move num quadro mais limitado de valores; restringe-se a reforçar os valores consensuais no contexto da busca pelo entretenimento e pelo entendimento simplificado. *Castelo Rá-Tim-Bum* explora um leque bem mais amplo de valores, alguns claros como a higiene e a produtividade do trabalho em grupo; outros subjetivos e abstratos, como a busca pelo conhecimento por meio da curiosidade individual, a admiração pela Arte e as diferenças culturais dos povos.

Uma vez mais, são as opções e os caminhos adotados pelos programas que os tornam diferenciados. Se programas como *TV Xuxa* pecam pela superficialidade de seus temas, no entanto são diretos e reforçam questões importantes, como a preservação do meio-ambiente, o respeito à criança, os cuidados com os animais e a higiene pessoal. E se projetos como *Castelo* exploram uma ampla variedade de valores e fogem da facilidade maniqueísta do certo/errado, nada se pode assegurar quanto à sua recepção e interpretação em toda a sua integridade. A interpretação correta da mensagem dependerá da escolaridade, das experiências e da disponibilidade pessoal, social e cultural da criança. Ou seja, *Castelo Rá-Tim-Bum* e *Cocoricó* só funcionarão conforme pretende seus produtores para os iniciados, para as crianças com um nível de escolaridade e formação social que os capacite para a abstração e para o raciocínio indireto. Para os demais, Xuxa mandando que lavem as mãos antes de comer funciona mais.

Os programas infanto-juvenis e o Outro: as imagens e as representações sobre o público

Estamos falando o tempo inteiro das propostas interlocutivas dos programas infanto-juvenis, com representantes dos principais modelos paradigmáticos: apresentadora-desenhos-auditório *versus* série supostamente educativa. Afinal, na perspectiva relacional que nos orienta, entendemos que o processo comunicacional compreende uma permanente negociação de imagens e a postura de cada um dos sujeitos interlocutivos. É um processo marcado por duas dimensões: o posicionamento de si próprio e a projeção do "outro".

Em nossa análise, já passamos por duas das três etapas planejadas, ambas presentes nesta primeira dimensão – como o programa se coloca no processo interlocutivo. Tentamos explorar os vários aspectos que compõem a estrutura dos programas e a maneira como eles se colocam à frente de seu público, por meio da discussão conceitual e de uma retrospectiva sócio-histórica, buscando entender as suas expectativas, seus valores, sua proposta cognitiva e de estabelecimento de laços com o telespectador.

Partamos, então, para a terceira e última etapa da análise, desta vez interessados na outra dimensão: a visão do

Outro. Não o outro real, físico, mas a imagem/representação de criança – e, conseqüentemente, de público – que os programas trabalham.

Os programas infanto-juvenis são voltados para um público específico – os telespectadores jovens – mesmo que não busquem um refinamento dentro deste universo. Não são os únicos programas voltados para uma segmentação de público na televisão aberta, mas fazem parte de um grupo restrito que, além das preocupações comuns aos demais programas tradicionais, têm preocupações diferenciadas.

Algumas dessas preocupações foram levantadas aqui: (a) a formação de um telespectador adulto futuro; (b) a propagação de valores consolidados da sociedade; (c) os métodos diferenciados para a captação de atenção do seu público e (d) a continuidade e a coerência com uma linha de programas antecessores no sentido de perpetuar um modelo de programa.

Na segunda dimensão, ou seja, em como os programas projetam os seus telespectadores, embora estivesse permeando toda esta discussão – já que não há como separá-la totalmente –, é importante perceber como os modelos acreditam que é o seu público. Como os programas imaginam o seu telespectador do outro lado da tela do televisor? Será que Xuxa acredita que o seu telespectador-mirim está respondendo às suas perguntas? Os produtores do *Castelo* e do *Cocoricó* acreditam que sua audiência estará mudando o próprio comportamento social após a interação com os vários episódios das aventuras da turma do Nino?[1]

---

[1] Obviamente, esta dimensão também comportaria o inverso. Como as crianças projetam os programas? De que maneira, realmente, *TV Xuxa* e *Castelo Rá-Tim-Bum* são interpretados por seu público e o que, efetivamente, é modificado graças à sua audiência? Essas respostas só poderiam ser contempladas com estudo específico, a ser explorado em outro volume desta coleção.

Perguntar aos produtores seria aparentemente a maneira mais simples de tentar responder às questões. No entanto, as respostas não estão necessariamente nas possíveis respostas dos produtores; elas estão inscritas nos próprios programas.[2]

Assim, para buscarmos as respostas que nos ajudariam a elucidar a nossa segunda dimensão da proposta interlocutiva dos programas, nossa análise continua a incidir sobre eles, por meio dos exemplos escolhidos, procurando identificar como eles indicam o lugar e as características do seu hipotético receptor.

Um segundo elemento elucidador a ser buscado se refere às propostas pedagógicas sugeridas por cada programa. Se *Castelo Rá-Tim-Bum,* já em seu discurso, se coloca como programa educativo, também *TV Xuxa,* mesmo que não se encaixe nos rótulos de programas educativos, tem elementos suficientes para ser analisado sob uma perspectiva pedagógica. Se isso já não bastasse, constantemente a impressa ratifica o desejo de Xuxa de ter elementos educativos em seu programa.

Dentro dos objetivos de nosso trabalho, de associar o processo comunicativo com o processo educacional, entendemos que a análise do projeto pedagógico inscrito nos programas também nos fala da natureza da relação pretendida e/ou estabelecida, bem como inclui determinada projeção do "outro".

É pressuposto em toda e qualquer relação educativa que o educador está a serviço dos interesses do educando. Nenhuma prática educativa pode-se instaurar sem este suposto (SAVIANI, 1997, p. 92).

---

[2] A análise do discurso dos produtores, dentro de um determinado momento de fala, a racionalização da apresentação de si mesmo, sua origem histórico-social e outros fatores mais implicariam a abertura de uma outra vertente de análise que não é o foco de interesse deste trabalho.

Como os programas percebem seu público?

Como já mencionamos anteriormente, não é proposta deste trabalho entender como as crianças assistem, interagem com e assimilam programas como *TV Xuxa* e *Castelo Rá-Tim-Bum*, ou seja, pesquisar a fundo o outro interlocutor desse processo comunicacional – o que necessitaria incluí-los no nosso recorte empírico e empreender uma análise de recepção. O que se busca é entender os programas dentro da perspectiva que eles constroem para atingir seus objetivos: ser assistidos, e assimilados e interagir com o maior número de telespectadores possível. Essa perspectiva está colocada desde o início: é preciso ter (na cabeça) uma idéia de quem estará assistindo, já na produção e veiculação dos programas, formulando uma "hipótese de recepção". Conforme França,

> Na comunicação – e na comunicação de massa isto se torna bem nítido – a hipótese da recepção está na origem do processo. À medida que o emissor fala para ser recebido, ele fala condicionado pela situação comunicativa; a recepção existe enquanto condição e promessa na instância da emissão. "O Outro não é alvo da comunicação, ele está comigo em seu princípio", diz ainda Jacques. (FRANÇA, 1998, p. 52)

Nessa hipótese de recepção está delineado como seria o público, o que ele deseja, o que pensa, como é o seu dia-a-dia e como se poderia contribuir para a sua formação e/ou entretenimento.

O público surge, assim, como um personagem-público. Nesse lugar ele existe como "ficção", como construção imaginária dos produtores. Com base nesse personagem é que se estrutura todo o projeto. É importante distinguir "hipótese de recepção" que não é mais do que falar projetando um Outro, dirigindo-se a esse Outro (mesmo que hipotético) do público potencial, que tem a ver com as possibilidades de audiência voltadas para as estatísticas, as questões econômicas, sociais e culturais, os horários de exibição, as demandas mercadológicas. As "hipóteses" estão no imaginário dos produtores; o público potencial nas pesquisas de opinião e de marketing, mesmo que esse público seja uma "média" dos perfis do público-alvo e, como tal, igualmente um personagem de ficção.

Os personagens-público de um *TV Xuxa* e um *Cocoricó* são, então, criados pelo desenvolvimento do diálogo dos produtores com suas respectivas hipóteses de recepção, somadas com a construção imaginária daí resultante. Já nascem carregando contradições ilustrativas. *Castelo Rá-Tim-Bum* já tem um personagem definido. Como é um programa inteiramente produzido sem chances de adaptação e editado para esse público projetado, de estar fadado a somente a aceitar dialogar com o mesmo perfil de telespectador. Ou seja, o público real, aquele que efetivamente vai ligar a televisão, deve-se encaixar nas características do seu personagem-público ou, então, não será contemplado com as propostas do programa.

Por sua vez, *TV Xuxa* criou um personagem "móvel", mas autoritário, que marca ou impede possíveis mudanças no formato do programa. As constantes supostas mudanças que os programas da apresentadora se mostraram dispostos a fazer nunca modificaram substancialmente sua estrutura. A estrutura com que se extinguiu *Angel Mix* foi a mesma de sua criação em 1996 e é a mesma do *TV Xuxa*: desenhos, auditório e brincadeiras, intercalados com inserções da apresentadora. Essa flexibilidade que o personagem-público lhe dá é extremamente limitada e monitorada.

O segundo aspecto se refere à valorização (ou desvalorização) do nível de inteligência do interlocutor. Um jargão usual na crítica televisiva é dizer que um programa "tem respeito – ou não – pela inteligência do telespectador". No caso, a pergunta seria: os programas se dirigem a uma criança inteligente? Como num novelo de lã, essa questão se desenrola em outra: o que é uma criança inteligente para *TV Xuxa* e para *Castelo Rá-Tim-Bum*? Essa observação é importante, já que ilustra um paradigma semelhante aos discutidos no inicio deste trabalho. Geralmente dizer que um programa "não tem respeito com a inteligência do telespectador", está associado às práticas que não levam o telespectador a uma reflexão mais profunda da sociedade e de si mesmo, que não estimulam o uso de suas faculdades mentais. Nesse rótulo se encaixam desde os programas de auditório, que constroem um jogo simples de estimulação e simulação com gincanas e coreografias, até programas populares, que se aproveitam de sensacionalismo, preconceitos sociais, dramatizações. *TV Xuxa*, com seu festival de gincanas, auditórios e desenhos não seria um bom exemplo de programa que considere seu telespectador inteligente, enquanto projetos como o *Castelo*, sim.

Seria simples dizer que *TV Xuxa* não percebe seu Outro como um ser inteligente, o que reforçaria um suposto papel de manipulação. Sua relação seria de superioridade, ditando costumes e formas de comportamento (como assistir a Globo em outros horários e incentivar o consumo de determinados produtos). Em resumo, a relação com o outro seria de manipulador/manipulado.

O *Castelo*, dentro dessa argumentação, seguiria caminho oposto. Haveria um profundo respeito pela inteligência do seu público, e não haveria essa relação de superioridade. Como o programa deixa grande parte das questões abertas, ou convida o telespectador a decifrá-las, *Castelo* enxergaria no Outro um ser capacitado a entender as metáforas, as brincadeiras lúdicas; alguém envolvido com o programa, não em uma relação de submissão, mas de união, no qual os parceiros, produtores e telespectadores estariam compartilhando experiências. Uma das justificativas para isso é que, tendo assistência profissional pedagógica, o programa teria mais instrumentos para construir uma relação mais complexa com o seu público. E como não teria o objetivo de lucro, não haveria a necessidade da busca pela sedução – instrumento principal da comercialização. *Castelo* enxergaria o Outro não como inferior, mas como alguém que se dispõe a enfrentar desafios e que tem possibilidade de uma intervenção mais ativa.

Uma dicotomia simples: superior/submissão *versus* igualdade/experiências partilhadas. Aliás, tão simples como as próprias classificações de "programa educativo" *versus* "programa de entretenimento", mas igualmente discutível, quando se analisa fora desses parâmetros.

A comercialização

Vejamos por partes: não há dúvidas de que Xuxa aproveita o espaço para vender sua imagem, que tem produtos como seus CDs, DVDs e filmes, e realimenta o marketing em torno de seu nome. Isso ajuda a acumular uma boa parte dos milhões de reais que arrecada com produtos licenciados. É óbvia também a estratégia de marketing dentro do projeto da apresentadora, no sentido de convencer seu público a ter um olhar de desejo para seus produtos. O desejo da sedução comercial é presente, e não se nega isso aqui.

No entanto, o que se questiona é a sua importância em um programa como *TV Xuxa*. E, como tal, a dimensão que lhe é dada. Se isso fosse inteiramente verdade, bastaria à apresentadora mostrar determinado produto que seu público automaticamente formaria um batalhão de novos consumidores. Há ainda a argumentação de que o efeito não seria imediato, mas a freqüência da exibição dos comerciais às crianças resultaria no mesmo. Porém, o que se deve argumentar é que não é a criança que tira dinheiro do bolso para comprar a sandália da Xuxa. Obviamente, é a criança que pede, mas pede a quem é referência dela, a quem lhe oferece os limites, aos pais, de quem deseja a aprovação. São eles que compram pelo seu próprio desejo, para agradar a criança, para agradar a si mesmos ou para se verem livres da estratégia dos filhos de manipulação pela "birra" ou de chantagens emocionais, ambas igualmente aceitas pelos adultos. Quando compram a "pinta" da Angélica ou incentivam a criança a se vestir como a Xuxa, ou, no passado não tão distante, a exercitar a "dança da garrafa", estão dando o sinal verde de sua aprovação para o que foi insinuado pelos programas.

Na realidade, não existe uma linha de A para B na qual o programa global manipule a criança. O que existe é uma triangulação em que os pais fecham o processo, mas estão integrados desde o princípio. Eles conhecem Xuxa e sabem de sua filha Sasha. E esse triângulo se insere em um contexto ainda mais amplo, onde está se movendo a malha da trama social, como os fios da indústria cultural, da situação *sociofinanceira*, do processo educacional no qual a criança se situa, do senso comum. Entenda-se como senso comum tudo aquilo que parece ser domínio de todos, tanto pela experiência quanto pela crença. "O senso comum continua, teimosamente, a crer no poder do desejo" (ALVES, 1996, p. 14). O senso comum se une a todos os fatores que atuam e é movido pela circularidade das ações sociais e comunicativas, voltando ao desejo. Mas será o desejo da criança?

A criança é que teria sido "manipulada" pela Xuxa para ter a vontade de ter uma sandália com sua marca ou foram os pais que, movidos também por uma série de outros fatores sociais, querem ver a filha com a sandália da Xuxa? Quem está manipulando quem, já que os pais também poderiam ser acusados de reafirmar as referências dos programas quando satisfazem os desejos das crianças? As crianças quando pedem estão, antes de tudo, perguntando. As respostas são os atos dos adultos, próximas e referenciais.

A relação do programa com o seu público não está ligada diretamente ao telespectador do outro lado da tela, mas a todo o macroambiente que o envolve. Xuxa está diariamente no seu novo programa, mas também na revista *Caras*, nos anúncios institucionais da Globo e nos demais programas e publicações, expondo sua vida para uma ampla recepção dirigida ao público adulto. Nesse sentido, a recepção é mais ampla que só as crianças. São as crianças e os pais fazendo uma triangulação com a sociedade. Uma sociedade que encontramos nos próprios pais.

Assim, aparece uma primeira linha de característica dos interlocutores do programa. O Outro de *TV Xuxa* é uma criança que tem pais e responsáveis que podem ir do ocupado ao relapso – dependendo do ponto de vista –, mas que vêem em Xuxa uma espécie de "babá", alguém com quem deixar os filhos, alguém que vai diverti-los, reforçar os seus valores comuns e não irá exercer má influência. Não é perfeita, pois lhe faltaria uma preocupação maior com a educação – existem melhores em outros canais –, mas é inofensiva, e as crianças gostam. Bonitas, famosas, ricas, honestas, pacientes e simpáticas com as crianças, essas são Xuxa, Angélica, Sandy da dupla Sandy e Júnior. Características que todo adulto – principalmente os pais – gostariam de ter. Essa projeção e esse reconhecimento que os pais estabelecem com apresentadoras como Xuxa é o que os tranqüiliza e incentiva a audiência dos seus filhos ao *TV Xuxa*. Assim como a compra de seus produtos.

Já em *Castelo Rá-Tim-Bum* e *Cocoricó* o Outro não comporta uma dimensão comercial tão ampla – embora não inteiramente descartada, já que mostram as propagandas dos produtos dos próprios programas durante sua exibição e nos intervalos. Também não há o destaque para o papel dos pais, considerados apenas coadjuvantes nas experiências das crianças. A curta duração dos episódios não permite o engajamento necessário para servirem como babá.

O Outro do *Castelo* e do *Cocoricó*, nesse sentido, não comporta inteiramente as características do Outro de *TV Xuxa*, embora não possamos negar que lhes cabem pequenas semelhanças: do ponto de vista dos pais, *Castelo* e *Cocoricó* podem ser uma boa distração que mantém o filho ocupado, o que provoca nos pais uma sensação de alívio e uma pontada de orgulho, como se encontrassem o filho estudando no quarto, sem obrigá-lo a isso. Da mesma maneira que em *TV Xuxa*, os pais estarão repassando à TV o papel de guardiã e preceptora dos filhos, em troca de alguns momentos de individualidade. A compra dos produtos licenciados do *Castelo* e *Cocoricó* também passa por aí.

A sensualidade

A sensualidade sempre foi um fator de controvérsia nos programas infanto-juvenis. Xuxa, antecessora e inspiradora de toda uma geração de apresentadoras, é acusada de levar a erotização (entendo-a como o estímulo à sensualidade) para os programas infantis, estabelecendo um novo modelo a partir dos anos 1980, como mencionamos. Um dos seus críticos mais ferozes, o antropólogo Gilberto Vasconcellos (1998), afirma que "a Xuxa antecipa a menstruação das meninas, preparando o mais rápido possível seu ingresso na organização genital, mercantil da adolescência". Vasconcellos afirma convictamente que a Xuxa é um dos grandes males do Brasil, a ponto de já ter condenado sexualmente toda uma geração de mulheres, além de ser a origem da iniciação sexual dos meninos.

> Curiosamente a menstruação prematura é o prelúdio do seqüestro do orgasmo na mulher adulta que se acha bagulhada e imprestável aos trinta anos, com vergonha de ir à praia. Quanto ao macho, a perspectiva do paquito é melancolia agressiva, pipiu na mão, vítima da ansiedade e agente da violência fissurada. (VASCONCELLOS, 1998, p. 19)

Rodrigues (1993) também alerta para chegada da sensualidade nos programas infantis pela via da "rainha dos baixinhos". No entanto, pondera que há especialistas, como o psicoterapeuta José Angelo Gaiarsa afirmando que "em princípio, quanto mais sensualidade melhor. As crianças são sensuais por natureza e é melhor para elas olhar o vídeo do que irritar a mãe e ser repreendida ou estar na rua ao sabor do perigo". O autor ressalta que a sensualidade e a sedução são presentes na cultura brasileira e nem as crianças são seres assexuados a ponto de se eliminar qualquer referência sexual ou, até mesmo, discriminá-la. E relembra que Sigmund Freud discordava da prática de esconder das crianças assuntos relacionados ao sexo:

> A criança recém-nascida já traz consigo a sexualidade ao mundo; certas sensações sexuais acompanham seu desenvolvimento durante a amamentação e a infância, e raras são as crianças que não experimentam algum tipo de atividade ou experiência sexual antes da puberdade. (RODRIGUES, 1993, p. 28)

Se, neste início de século, os programas infanto-juvenis deram uma recuada no uso da sensualidade em seus projetos, não quer dizer que os bons costumes venceram uma batalha. Se qualquer programa via seu público como um ser sexual isso não significa que estava cometendo um crime ou que deva ser acusado de sedução infantil.

Não há notícia de programas infanto-juvenis com cenas semelhantes às dos casais apaixonados das novelas. O próprio Rodrigues (1993) lembra que a sensualidade é uma das mais fortes características do povo brasileiro e que as crianças estão expostas com mais intensidade ao erotismo nas praias e no carnaval brasileiro, em que, democraticamente, belos e feios, gordos e magros, velhos e jovens se expõem e flertam entre si sem que, por isso, alguém queira trancar os filhos em casa nos dias de folia ou durante as férias. Quanto ao culto à beleza física tanto feminina quanto masculina, ela sempre foi constante na história da humanidade, desde as primeiras pinturas e esculturas gregas até as atuais representações da mulher e do homem no cinema e na televisão. Roupas que valorizam as formas estão presentes indiscriminadamente, sem preconceitos, em desenhos animados "inocentes" como os vestidos de Vilma e Beth nos *Flintstones,* até mesmo em apresentadoras de programas de emissoras educativas, como Gigi e Silvana no *Bambalalão* da TV Cultura de São Paulo, nas décadas de 1970 e 1980, um dos precursores da linha que seria adotada pela emissora e culminaria no *Castelo Rá-Tim-Bum.*

As novelas, como todas as suas cenas controversas, são igualmente assistidas pelas crianças com a permissão dos pais, como acontece na praia e nas festas de carnaval, e muitas vezes com o incentivo da companhia deles, quando não com a ratificação de sua própria admiração pelo visto, ao elogiar ou comprar uma roupa igual à do artista, tanto para si quanto para a criança. Isso não está necessariamente errado, já que é difícil entender, nesse caso, qual seria o certo, uma vez que tudo pertence a um movimento social do qual todos fazem parte.

Assim, o Outro dos programas originais da Xuxa, seguido de *Angel Mix*, com enfoque na sensualidade, é um ser erótico já na sua origem cultural. Antes de ter a sua sensualidade estimulada, ele já é estimulado por ela. É um ser sensual por natureza. O antropólogo Richard Parker afirma:

> A sensualidade desempenha um papel importante na percepção que os brasileiros têm de si mesmos [...] Os brasileiros se vêem como seres sensuais não simplesmente em termos de sua individualidade mas a um nível sócio e cultural [...] como uma herança de sua brasilidade. (PARKER apud RODRIGUES, 1993, p. 30)

Já em *Castelo*, por exemplo, a opção foi não arriscar. Não há nenhuma referência erótica ou sensual. Mesmo que a caracterização dos sexos obedeça aos clichês (meninos machistas e ativos; meninas delicadas e tranqüilas), não há nenhuma insinuação de atração sexual. Os namoros ou são ocasionais, ou caricatos, como no episódio em que um cupido trapalhão faz com que todos se apaixonem um pelos outros, tornando-os mais patetas do que sedutores.

Nesse sentido, os personagens e, em conseqüência, o Outro, de *Castelo* são desprovidos de erotização e sensualidade, embora tenham sexualidade, demonstrada na caracterização-clichê distinta dos sexos.

A festa de *TV Xuxa* e o espetáculo teatral de *Castelo Rá-Tim-Bum*

Voltando à questão da inteligência, quando um programa é acusado de não respeitar a inteligência de seu público, a qual inteligência se refere? A inteligência também é o uso racional do conhecimento, que é fruto de inúmeros fatores que tornam a inteligência algo pessoal, único, de cada indivíduo. As experiências, sim, podem ser comuns. E, se programas como *Castelo* e *Cocoricó* trabalham com essa perspectiva, projetos semelhantes à *TV Xuxa*, também. Brincadeiras que não tenham um sentido educativo claro, de transmissão de conhecimento, não deixam de ser brincadeira, jogo lúdico. As gincanas, os jogos de perguntas e respostas também fazem parte do cotidiano infanto-juvenil, em atividades na própria escola, em reuniões de adolescentes, em outros programas de televisão. Podemos questionar sobre o nível das perguntas feitas durante as gincanas, quase sempre associadas aos acontecimentos ligados ao meio artístico e divulgados pelos meios de comunicação de massa. É alto o número de respostas erradas sobre conhecimento formal transmitido pelas escolas durante esses mesmos quadros. Mas, nesse caso, se o jovem não acerta as perguntas, a inteligência negada é dele ou das escolas? *TV Xuxa* não responde a essa questão. Só expõe o confronto entre a indústria cultural e a escola.

Definir a qualidade de uma brincadeira é fácil para os adultos e difícil para as crianças. O adulto separa as brincadeiras (e da maioria nem participa mais) conforme sua interpretação de inteligência, conhecimento moral, educativo e comercial. Para o jovem, brincadeira é brincadeira; o tempo e o espaço são diferentes do mundo dos adultos, e o objetivo, afinal, é divertir-se.

A Festa de TV Xuxa*: o convidado não pode entrar*

Aparece aí outra importante diferença entre os programas. *TV Xuxa* incorpora inteiramente a concepção infantil de brincadeira. É a brincadeira pela brincadeira, com o objetivo de passar o tempo, divertir sem profundidade. Com esse intuito, simplifica-se o máximo. Nada de pensar muito, estabelecer conexões, reciclar experiências. A chamada é mostrada exaustivamente durante todo o programa:

estamos em festa! O Outro é o convidado especial, principalmente quando Xuxa se dirige especialmente a ele. Deve comparecer com o seu espírito de festa: sem preocupações, querendo relaxar, simples e despojado.

Esse modelo ilustrativo, no entanto, encarna uma das principais contradições de *TV Xuxa*. Mesmo que o Outro seja o convidado especial, a Festa não prevê sua presença. É mantido a distância. O afastamento do cotidiano é a principal característica da Festa – discutida pela maioria dos autores que tratam dessa temática – e reforça a comparação com *TV Xuxa* e o caráter lúdico, momentâneo, efêmero, que termina nele mesmo, após cumprir sua função de passatempo. Limitado no tempo e no espaço, não tem o compromisso de ir além do fim em si mesmo, naquele momento.

Nesse jogo de relações que compõe e é a Festa de *TV Xuxa*, o papel do Outro é ser o convidado que assiste do lado de fora. Atente-se para um aspecto: isso não quer dizer que ele esteja excluído da interação com o programa. Entre as características apontadas por Huizinga e outros autores, está o caráter voluntário dos participantes da atividade lúdica – que, nesse exclusivo caso, serve também para *Castelo* e *Cocoricó*: o importante não seria a interação física, mas o prazer proporcionado pelo ato de assistir ao programa. Nesse Jogo, cuja regra não permite a entrada do Outro, o que interessa não é o objetivo que se deseja atingir, mas, sim, o que outro autor, M. Maffesoli, chama de "sociedade eletiva", em que o importante da interação social é o fato de estar junto, o "estar junto à toa" (MAFFESOLI *apud* PALÁCIOS, 1997, p. 14)[3].

---

[3] PALÁCIOS (1997) não ignora – e este trabalho também não – as contribuições de Mikhain Bakthin, Jean Duvignaud e Michael Maffesoli para o conceito de Festa. Ao contrário, afirma ser deles as "três grandes matrizes discursivas" sobre a temática. Seu artigo propõe, apenas, "indicar alguns aspectos de outras matrizes menos conhecidas", no caso Johan Huizinga e Henry Lefebvre.

Outra aproximação entre Maffesoli e Huizinga ajuda a esclarecer a "brincadeira pela brincadeira", com o fim em si mesma, defendida aqui como mais uma característica de *TV Xuxa*. A Festa é efêmera e tem início, meio e fim. Maffesoli afirma que algumas das formas da sociabilidade contemporânea se esgotam na própria ação. Mas um novo *TV Xuxa* não é veiculado todos os dias? Xuxa não continua aparecendo diariamente na TV? Exatamente por ter início e fim bem delimitados, pode-se ter festas todos os dias! "Inicia-se e, num certo momento, acaba. Mas pode ser novamente iniciado e jogado e terminado e iniciado e jogado e terminado e iniciado... Uma das características principais reside nessa capacidade de repetição" (PALÁCIOS, 1997, p. 15). Uma repetição com intuito de fixar, conquistar pela memorização e pelo encantamento, como uma nova música de um conjunto *pop* repetida nas rádios FM.

O Espetáculo Teatral de Castelo Rá-Tim-Bum e Cocoricó: a platéia coadjuvante

Por outro lado, *Cocoricó* não é Festa. *Castelo Rá-Tim-Bum* não é Festa. Nenhum dos dois tem princípio, meio e fim tão delineados, e a brincadeira não termina na brincadeira. *Castelo* é constantemente citado como um exemplo de programa que respeita a inteligência das crianças e somente tem objetivos educacionais para com ela. Porém, *Castelo* não utiliza a mesma estratégia de usar as experiências comuns, assim como *TV Xuxa*? Sim, mas no complemento desta resposta encontra-se, talvez, a principal diferença entre os programas: *Castelo* utiliza essas experiências das crianças em benefício da produção de mais experiências que façam com que a criança adquira conhecimentos por si própria.

O objetivo é também divertir, mas não unicamente. O Outro não é convidado de uma festa, mas de um espetáculo teatral. Assim, troca-se a simplificação pela complexidade. É necessário prestar atenção, pensar, estabelecer conexões, reciclar experiências, raciocinar. É um Outro vivo, atento, preocupado em participar.

Nesse modelo reside igualmente uma forte contradição de *Castelo* e *Cocoricó*. Como em um espetáculo teatral (e *Cocoricó* assemelha-se aos teatrinhos de fantoches da escola), o público é convidado a ser a "quarta parede", como em um teatro elisabetano. Os atores encenam uma peça, e o lugar do espectador é de fora das três paredes que compõem o fundo e as duas laterais do cenário. O Outro não foi convidado a participar – os atores raramente se dirigem a eles, não o chamam para as ações principais. Ao contrário da "festa" de *TV Xuxa*, em que é convidado, mas tem de assistir de fora, em *Castelo* e *Cocoricó* o Outro é um importante coadjuvante do espetáculo, que só se realiza na presença dele. Não há o afastamento do cotidiano, pois ele é fundamental para o laço entre espetáculo/*Castelo*/*Cocoricó* e público/telespectador. Não é efêmero, pois se baseia na carga de conhecimento e nas experiências adquiridas pelas crianças e se propõe usar as experiências contemporâneas para ampliar as potencialidades e a extensão das futuras inter-relações. Nas suas repetições, não se repete, mas amplia as possibilidades de entendimento.

O conceito de Espetáculo, assim como o de Festa, é bastante explorado por autores preocupados tanto com a sua interação com o público quanto com seu papel na indústria cultural. Não cabe aqui empreender a discussão desses conceitos, mas resgatar como referência a análise do teatro grego desenvolvida por Roland Barthes (1990). Boa parte das discussões sobre Espetáculo se refere a eventos contemporâneos ou de séculos próximos. Assim como a Comunicação e a Educação e outras práticas sociais, há fatores originários e estruturais únicos e imutáveis, básicos e referentes à sua existência. O teatro é uma prática social, a representação do homem para o homem e sobre o homem, como defende Stanislavski (KUSNET, 1985, p. I). E o Teatro Grego é o que carrega, em sua essência, a essência de todas as demais escolas teatrais, em especial as do século XVII até hoje. E, como tal, é o mais carregado em fatores significantes.

> A especialidade deste teatro foi precisamente a síntese, a coerência dos diferentes códigos dramáticos. Ao imobilizar o teatro grego no século V, perde-se, sem dúvida, em dimensão histórica; mas, ganha-se uma verdade estrutural, isto é, uma significação. (BARTHES, 1990, p. 64)

Castelo Rá-Tim-Bum e *Cocoricó* mantêm as principais características dessa origem do espetáculo teatral: têm uma estrutura fixa, com poucas variações da ordem, e a alternância das partes é regulamentada. O núcleo dramático do *Castelo*, por exemplo, é em torno da família de bruxos, que sempre recebe visitas das crianças e dos demais personagens fixos (Dr. Abobrinha, Bongô, Priscila). Ocasionalmente há ocorrências fora do castelo (visita ao jardim zoológico ou à fazenda da família do Bongô) ou a visita de personagens extras (as bruxas más dos contos de fada, a menina azul, irmão do Dr. Abobrinha), exceções que confirmam a regra. Os quadros do programa são alternativas da trama principal e são estritamente regulamentados. Todos eles são acionados em momentos específicos, por uma frase introdutória ou por uma ação protagonizada por um dos personagens, como no teatro grego. Nesse sentido, demonstra o que Barthes define como base nesse teatro inicial: o princípio da dialética formal: "A palavra exprime a ação, mas serve-lhe também de tela: o 'o que acontece' tende sempre ao 'o que aconteceu'" (BARTHES, 1990, p. 67).

Castelo, com sua alternância entre a trama específica de determinado episódio com a apresentação de quadros temáticos, aproxima-se uma vez mais desse teatro inicial em que acontece "a alternância orgânica da coisa interrogada (a ação, o comentário, a palavra dramática) e do homem interrogante (o coro, o comentário, a palavra lírica). E essa estrutura 'suspensa' é a própria distância que separa o mundo das perguntas que lhe são feitas" (BARTHES, 1990, p. 67).

De acordo com Barthes, o teatro busca as respostas na mitologia, mas como reserva de novas perguntas. Afinal, "interrogar a mitologia era interrogar o que havia sido, em seu tempo, resposta plena". Essa estrutura "suspensa" entre a coisa interrogada e o homem interrogante é parte da interlocução comunicativa entre os sujeitos, já que a "resposta plena" é dada pelo conjunto de espetáculo e platéia. É a "experiência total" que, segundo Barthes, constitui o teatro antigo, "mesclando e resumindo estados intermediários, até contraditórios, enfim, uma conduta harmoniosa de 'desapossamento'" (BARTHES, 1990, p. 71).

O teatro antigo e o *Castelo Rá-Tim-Bum* são espaços abertos, e seus sujeitos já não são indivíduos; eles se "desapossam" de si mesmos para ser um coletivo na sua interlocução comunicativa. A circularidade do processo comunicativo por intermédio da palavra, segundo França – "a noção é circular: a palavra nos envia às relações; as relações à palavra na comunicação" (FRANÇA, 1998, p. 45) –, encontra-se com a circularidade do espaço cênico do teatro grego e sua abertura, elementos fundamentais que garantiam a não-existência de uma ruptura física entre o espetáculo e seus espectadores. "A circularidade constitui o que se poderia chamar de uma dimensão 'existencial' do espetáculo antigo."

> No teatro antigo o espaço cênico é amplo: há uma analogia, comunhão de vivência entre o "fora" do espetáculo e o "fora" do espectador: o teatro antigo

> é o teatro liminar, representado no limiar das tumbas e dos palácios: esse espaço cônico, que se alarga para cima, aberto ao céu, tem a função de ampliar o destino e não sufocar a trama. (BARTHES, 1990, p. 75)

O Outro faz parte da coletividade humana confrontada com o acontecimento, na tentativa de entendê-lo. E sua compreensão depende de suas próprias experiências, pois, conforme Barthes (1990), o grau de credulidade do realismo do espetáculo está intimamente ligado aos quadros mentais que o recebem. Segundo Kusnet, a comunicação em um espetáculo teatral "só é possível quando os pensamentos, as preocupações, enfim tudo de que vive o espectador, preocupe profundamente o ator, e quando simultaneamente tudo de que vive o ator em cena possa interessar e preocupar o espectador" (KUSNET, 1985, p. II).

O espetáculo teatral de que falamos – e conseqüentemente, *Castelo* e *Cocoricó* – não se acha nas salas escuras e nem nos fossos cênicos das óperas, mas ao ar livre, o que define significativamente o papel do Outro. "Da sala escura ao ar livre, o imaginário não pode ser o mesmo: o primeiro é um imaginário de evasão, o segundo de participação" (BARTHES, 1990, p. 76).

Programas educativos para educados?

Então continuemos a explorar os aspectos contraditórios. Programas como *Castelo Rá-Tim-Bum* não seriam complexos demais? Não estariam fora da realidade do público? Não haveria metáforas abstratas demais? Seriam entendidas? Não haveria uma supervalorização do uso da inteligência da criança?

TV Xuxa, nesse sentido, estaria em vantagem, pois sua simplificação o aproxima das crianças. Suas metáforas e seu formato são muito mais fáceis de ser entendidos. Assim, Xuxa não estaria respeitando mais a inteligência do seu público do que o *Castelo*? O Outro de *TV Xuxa* não é mais real do que o Outro de *Castelo*? Afinal, o que garante que *Castelo* tenha todas as suas metáforas e quadros percebidos pelas crianças telespectadoras? O programa não refletiria senão os desejos dos professores e dos produtores em realizar um projeto-modelo, mas fora da realidade da criança brasileira? Professores de escolas públicas espalhadas pelo interior do País atendem uma população recebendo um salário que mal dá para sobrevivência. Os professores são mal preparados, sem incentivos ou, mesmo, leigos; e as crianças têm de trabalhar para ajudar no orçamento doméstico. Conseguem essas escolas e essa comunidade oferecer as experiências de que as crianças necessitarão para acompanhar o *Castelo*? Ou será o *Castelo* mais um programa dentro da perspectiva histórica da TV Cultura, dando continuidade ao projeto elitista de sua programação? Produzido para as crianças que tenham passado por escolas boas? Rubem Alves (1999) se dirige ao Sr. Roberto Marinho, fundador da Rede Globo, solicitando que colocasse toda a sua potência comunicacional em favor da educação brasileira. Alves afirma que não gostaria de ver aquela emissora com uma grade de programação cheia de programas educativos, obviamente se referindo aos atuais paradigmas e formatos dos programas intitulados como tal:

> Programas educativos são inteligentes, belos e inúteis. Somente os que já estão educados se interessam por eles. (ALVES, 1999, p. 17)

A relação, nesse sentido, não é mais equilibrada em *TV Xuxa*? O programa da Globo enxergaria o seu público como ele é, fruto de uma escola sem muitas opções, massificado por uma indústria cultural que preenche um espaço que deveria estar sendo ocupado pela escola, pelos pais, pela sociedade e que quer da televisão não uma extensão da sala de aula, mas do recreio.

E *Castelo Rá-Tim-Bum* não está enxergando a relação com seu público de forma míope? Não está considerando que toda criança exposta ao programa tem acesso às referências das histórias da bruxa Morgana, aos desenhos geométricos, às pautas de música, às condições de higiene solicitadas pelos episódios?

Nesse caso, quem não estaria respeitando a inteligência e, antes de tudo, as condições sociais de seu público?

A resposta é que ambos os programas podem estar sub ou super estimando o seu público. No entanto, esse parece não ser o ponto principal da sua relação com os telespectadores, calcada muito mais na expectativa de audiência do que no seu efetivo resultado. Como dissemos, *Castelo* não suporta alterações, e *TV Xuxa* demonstrou que não quis se afastar muito do seu modelo. Assim, uma vez no ar, subestimando ou superestimando o seu público, não há como voltar atrás, e o olhar não está no presente, mas no futuro. Mesmo com objetivos diferenciados ("divertir" e "educar"), não há dúvidas de que ambos querem que mais crianças assistam.

Não se pode dizer, com certeza, que o Outro de *TV Xuxa* seja uma criança mal preparada, resultado de uma escolha falha e de pais e de uma sociedade omissos, de uma indústria cultural invasora e alienante. Nem que o *Castelo* tenha em seu Outro uma criança bem formada, passando por boas escolas, de preferência com um projeto pedagógico moderno, com senso crítico e aguçado, conseguindo perceber metáforas elaboradas. Talvez os produtores tenham até projetado esses Outros em suas hipóteses de recepção. Talvez o Outro de *TV Xuxa* esteja simplificado, e o de *Castelo* esteja complexo. Mas a comprovação passa por um estudo de recepção e/ou o comportamento de outros pontos de vista, tão legítimos de ser estudados quanto os dos paradigmas estabelecidos. E uma das possíveis soluções pode vir de uma resposta mais correta, como uma visão da própria percepção da e na TV, muito além das mais simplificadas expectativas.

Voltando uma vez mais aos estudos de Heloísa Penteado (1991) percebemos que a educadora acredita que a TV pode ser vista por ângulos diferentes, e até conflitantes, mas que ambos fazem parte do meio. Penteado concorda com Teixeira Coelho (1996) quanto às suas referências sobre consciência icônica (sentir, intuir, comparar e argumentar) e sobre consciência indicial (consciência de constatação, operativa, pouco elaborada) e argumenta que a TV oferece a possibilidade de ocorrência das duas. Embora Coelho defenda que a indústria cultural tem na TV um dos principais veículos que a auxiliam ser "o paraíso do signo indicial, da consciência indicial" (COELHO, 1996, p. 62), Penteado argumenta que a televisão abre "a possibilidade de ocorrência da consciência icônica, por si perturbadora, porque potencialmente reveladora do novo" (PENTEADO, 1991, p. 17). E a autora não está sozinha:

> Como o público age sobre o que lhe é comunicado, e como a sociedade comporta diferentes tipos de espectadores, nem sempre a mensagem é recebida conforme o desejo do emissor. [...] Apelar, por exemplo, para o mito do sucesso individual – como constantemente se verifica em narrativas do tipo das telenovelas brasileiras – pode repercutir de muitas maneiras; desde a provocação de revolta até o embevecimento com o sonho e a ilusão de ser possível vencer com as próprias mãos. (ECO *apud* FISCHER, 1984, p. 38)

Conforme Penteado (1991), somente com pesquisas sobre o receptor podemos ter uma aproximação do verdadeiro perfil e sua real percepção e com que intensidade e de que forma foi recebido o que se desejou comunicar. Isso mostra a limitação tanto da análise parcial de apenas um dos interlocutores quanto da fragilidade das expectativas de ambos os programas em saber, com exatidão, como e quem é o seu Outro.

Propostas pedagógicas

Xuxa e *Castelo Rá-Tim-Bum* se colocam como programas com instrumentos educativos. E, como tal, comportam uma análise do âmbito pedagógico.

> A educação é, antes de tudo, uma prática educativa. É uma prática geradora de uma *teoria pedagógica*. A educação, ao mesmo tempo que produz pedagogia, é também direcionada e efetivada a partir das diretrizes da pedagogia. (BRANDÃO, 1995, p. 78)

Assim, programas da Xuxa e da Rede Cultura seriam baseados em que teoria pedagógica? Não estariam aí mais elementos ilustrativos da distinção entre eles? Se mantiverem propostas educativas, seria importante entender suas propostas pedagógicas para compreendermos como os programas vêem seus "educandos".

Entendemos, conforme nossa leitura, que Angélica e Xuxa enxergam seus "educandos" tal qual a "escola tradicional" enxerga seus alunos. Do outro lado, *Castelo* e *Cocoricó são* puros "nova escola" e percebem seu público como o "novaescolismo" vê seu estudante.

Tal afirmação, no entanto, deve ser iniciada com um esclarecimento: a comparação é puramente ilustrativa e quer acrescentar às respostas buscadas aqui um elemento quanto às distinções entre os programas infanto-juvenis em geral.

Para isso, buscamos em Brandão (1995) e em Saviani (1997) a síntese das principais teorias pedagógicas. Então, selecionamos duas linhas para desenvolvermos a comparação, acreditando serem as que melhor representam as propostas dos programas.

	Pedagogia Tradicional	**Pedagogia Nova**
Brandão	A escola como preparação para a vida	A escola como imitação da vida
	Aprender por modelos e memorização	Aprender a aprender
	Professor como centro da atividade	Aluno como centro da atividade
Saviani	Eixo da questão pedagógica no intelecto	Eixo da questão pedagógica no sentimento
	Aspecto lógico	Aspecto psicológico
	Conteúdo cognitivo	Métodos e processos pedagógicos
	Esforço	Interesse
	Disciplina	Espontaneidade
	Diretivismo	Não-diretivismo
	Quantidade	Qualidade
	Inspiração filosófica na ciência da lógica	Inspiração na biologia e psicologia
	Importante é aprender	Importante é aprender a aprender

Fonte: BRANDÃO, 1995, p. 89-90; SAVIANI, 1997, p. 20-21

Com base nesse quadro, não é difícil determinar as similaridades entre as propostas de programas como *TV Xuxa* e *Castelo Rá-Tim-Bum* com as teorias sintetizadas.

TV Xuxa não quer imitar a vida; com suas palavras de ordem e reprodutividade dos valores comuns, quer apenas aprimorar ou "preparar" seu público para o mundo já existente. Xuxa é o centro da atividade, a autoridade máxima, e determina o que é certo ou errado. Seus questionamentos, assim como a temática de seus jogos, desenhos e enlatados buscam a memória e modelos preestabelecidos, e não o exercício da busca do conhecimento. Como tal, seu eixo está no intelecto, nos aspectos lógicos, nos conteúdos cognitivos. *TV Xuxa* é direto, sem rodeios, generaliza ao máximo para atingir amplamente. Solicita atenção exclusiva e disciplina: uma vez dispostos ao esforço de ficar atentos, os "educandos" recebem sua cota de conhecimento e/ou aprimoramento/ reforço do que já é de seu domínio.

Castelo Rá-Tim-Bum e *Cocoricó* tentam imitar a vida usando sua estrutura dramática que envolve tios, avós, sobrinhos, netos, casa estabelecida, família, amigos em idade escolar, obrigações sociais como higiene pessoal e coletiva. As estruturas cotidianas da sociedade estão presentes. Não há centralização da qual flui o saber; ele pode vir do Dr. Vítor, da bruxa Morgana, da avó ou do avô do Júlio, da lareira, das frutas falantes, de uma tela mágica, de uma índia da mata. A trama é o centro da atividade – e aí resgatamos o nosso conceito de interações comunicativas, em que o processo comunicacional ganha a forma de trama, e os interlocutores são co-participantes de uma relação complexa e dinâmica.

> A noção de comunicação, enquanto forma viva e flexível, é o suporte que contempla a abertura simbólica e a configuração móvel de tais relações – é a forma que as mantêm juntas e as envelopa em um todo. Ela é o movimento que faz com que esse todo exista nos e a partir de seus elementos e suas relações. (FRANÇA, 1998, p. 46)

Dessa maneira, o telespectador/educando passa a ser igualmente o centro da atividade. Assim, o eixo do programa está no subjetivo, no sentimento, no aspecto psicológico, nos objetivos pedagógicos de cada quadro. *Castelo* e *Cocoricó* são ambíguos, indiretos, provocativos. Embora também solicitem atenção dos seus "educandos", fazem isso com base em preceitos da Psicologia, como identificação, nível de aprendizagem, fantasia e jogos lúdicos. Querem o seu "educando" preso pelo seu próprio interesse. Querem que o conhecimento seja assimilado não por imposição ou reprodução, mas vivido e assimilado dentro do processo de aprendizagem e comunicação. E que, com isso, o telespectador/"educando" desenvolva seus próprios processos de aprendizagem.

A pequena análise a seguir já delineia como os programas imaginam o seu Outro, o seu telespectador/"educando":

Xuxa o imagina sentado à frente da TV, como em uma sala de aula, atento às mensagens e suas atrações. É convidado a participar, mas só sob a orientação da "professora" Xuxa e sem sair de sua carteira. Como na Festa, o professor lhe dá atenção, mas não o deixa dividir o mesmo espaço. Fica aguardando a confirmação de seus modelos, memorizando os "ensinamentos", guiando-se para sua vida moral e intelectual. Precisa ser estimulado em sua lógica e memória e é dispersivo, necessitando de instrumentos estéticos e simbólicos para sustentar o esforço da atenção. É um Outro objetivo e generalista.

Já *Castelo* e *Cocoricó* imaginam seu telespectador/ "educando" igualmente sentado à frente da TV, não como em uma sala de aula tradicional, mas participante de um grupo de trabalho, de uma coletividade. Está atento, não às mensagens preestabelecidas, mas às conexões com suas experiências, com o seu cotidiano e com sua fantasia. Quer entender as regras dos jogos, saber onde e quando pode participar. Dessa maneira é ativo, vivo, alegre, e os desafios e estímulos característicos da vida real o mantêm atento. É um Outro rico em subjetividade.

Se estes dois autores nos ajudam na tentativa de descobrir o Outro na expectativa de ambos os programas – e as descrições são baseadas em suas análises das teorias pedagógicas – o trabalho dos pesquisadores levanta outra importante questão. Ambos criticam seriamente o modelo da escola nova e suas práticas pedagógicas:

> As tendências mais recentes da pedagogia liberal-burguesa, ao combaterem o despotismo esclarecido (ditadura do professor), desembocaram na pedarquia (governo das crianças), forma tão autoritária quanto à primeira, com um agravante: submeteu todos à ditadura do mundo mágico e folclórico da criança. (BRANDÃO, 1995, p. 101)
>
> Cumpre assinalar que tais conseqüências foram mais negativas que positivas uma vez mais que, provocando o afrouxamento da disciplina e a despreocupação com a transmissão de conhecimentos, acabou por rebaixar o nível do ensino destinado às camadas populares as quais muito freqüentemente têm na escola o único meio de acesso ao conhecimento elaborado. (SAVIANI, 1997, p. 22)

Há, aqui, uma nova aproximação entre as teorias pedagógicas e os programas. No contexto social e histórico dos programas, *TV Xuxa* serve perfeitamente ao caráter generalista, universal e amplo das TVs comerciais, em que, assim como na escola tradicional, todos são iguais e devem receber o mesmo conhecimento, de cima para baixo. Essa é a história das TVs comerciais brasileiras entre as quais a Rede Globo é o principal exemplo.

A TV Cultura de São Paulo tem sua história intimamente ligada a uma postura liberal que tomou conta de parte da elite intelectual do Brasil nos anos 1960. *Castelo Rá-Tim-Bum* é o mais legítimo filho dessa trajetória histórica, ainda mais que os programas antecessores; é fruto de um constante aperfeiçoamento liberal. Como na nova escola, todos os seus telespectadores são distintos, com experiências próprias e, como tal, com inúmeras possibilidades de interação com o programa, específicas e individuais.

Assim, cabem aos programas todas as críticas, positivas ou negativas, que se fazem às teorias pedagógicas. *Castelo Rá-Tim-Bum* pode ser considerado elitista, a favor da desigualdade social e incentivador da divisão de classes. De fato, com sua linguagem sofisticada e variedade infinita de subjetividades, percebemos que seu projeto conta, quase inteiramente, com a colaboração da sua audiência. Como já mencionamos, nada assegura que tudo seja compreendido pelas crianças e, com quase certeza, será necessário um tipo de conhecimento específico – associado aos instrumentos de transmissão de conhecimento da elite – para que o público de *Castelo* possa ter acesso a todas as informações contidas em cada episódio. *Castelo Rá-Tim-Bum*, uma vez perpetuando as distinções de classe e ampliando as diferenças sociais, estaria mais para reacionário do que para progressista.

Por sua vez, *TV Xuxa* pode até ser considerado progressista. Afinal, trata seu público homogeneamente: todos são iguais. Mesmo o incentivo ao consumo da marca, *Xuxa* não pode ser caracterizado como sintoma de separação de classe, uma vez que, além de não estar engajado no programa, envolve outros elementos complexos, como os mecanismos de consumo dos pais. A repetição dos valores comuns pode ser "a garantia de transmissão do saber sistematizado" (BRANDÃO, 1995, p. 86).

Obviamente, trata-se de uma questão muito mais profunda, que envolve a discussão teórica entre as pedagogias tradicional e nova, que não são objeto deste estudo. Os exemplos, no entanto, servem para ilustrar as distinções dos programas, demonstrar que ambos têm projetos pedagógicos próprios e carregam consigo todos os dilemas, as contradições e as características sócio-históricas de suas teorias. E reforçam a teoria defendida aqui de que a distinção entre os programas educativos e os não-educativos não passa pelos atuais rótulos. Os programas podem ser analisados conforme suas propostas pedagógicas independentemente da emissora de exibição, sua autodenominação, sua ligação com o mercado ou ao seu formato.

Por fim, as imagens e as representações de crianças com que *TV Xuxa, Castelo Rá-Tim-Bum* e *Cocoricó* trabalham, a maneira como percebem o seu Outro, seja talvez o principal ponto de análise que nos ofereceu elementos para distingui-los, obviamente, sem eliminar a importância dos demais aspectos analisados – a caracterização e a contextualização dos programas e a identificação de suas propostas interlocutivas –, já que são o alicerce da discussão.

Mas é inegável que, se os programas são produzidos exatamente com o objetivo de interagir com a criança e o jovem do outro lado da tela, é esse Outro a principal figura, o principal sujeito e objeto. Os elementos e as discussões oferecidas aqui têm a pretensão, apenas, de fechar a análise particular deste trabalho. Mas deixamos para o leitor a oportunidade de tirar suas próprias conclusões, além de sugerir outros tantos caminhos, baseados em um processo comunicacional e educacional que não se fecha em si mesmo.

Conclusão

Durante toda a nossa discussão, destacamos alguns pontos e aspectos sobre o que poderia marcar a(s) resposta(s) à pergunta inicial: o que é um programa educativo na TV? As respostas encontradas, assim, foram se construindo ao longo dos capítulos da análise dos vários aspectos tratados por nosso estudo. A(s) conclusão(ões), esperamos, foram produzidas no transcorrer do nosso caminho e à medida que tentávamos analisar mais profundamente o visível e descortinar o invisível dos programas infanto-juvenis na TV em geral.

No entanto, gostaríamos de destacar, uma vez mais, alguns aspectos que acreditamos ser os alicerces do trabalho.

O primeiro deles é a concepção do que são os programas "educativos" e os "não-educativos" ou "comerciais". Condições de produção, local de transmissão, vínculo (ou não) com o mercado de consumo, formato e autodenominação definitivamente não distinguem os atuais programas da televisão brasileira que são educativos e dos que não são. Essa distinção – e ela existe em vários aspectos – está além de uma visão maniqueísta e simplista. *Um programa é educativo por sua capacidade complexa de interagir com seu público, despertando-lhe a reflexão e o sentido, trazendo novos conhecimentos acionados ao seu cotidiano, produzindo experiências interdisciplinares e extemporâneas. Reforça a aprendizagem formal e contribui para uma formação pessoal sintonizada com o contexto social em que, programas e público estão inseridos.*

Nesse sentido, programas como *TV Xuxa, Castelo Rá-Tim-Bum* e *Cocoricó* são programas distintos, sim, mas marcados também por semelhanças. São distintos em características importantes como origem; produção; flexibilidade às mudanças sociais; papel dado ao entretenimento e ao apoio à educação; tipo de formação que desejam de seu público; uso dos valores do senso comum e da experiência; natureza da interação com o telespectador e, principalmente, a maneira de ver o seu Outro.

Mas *TV Xuxa* e *Castelo Rá-Tim-Bum* têm inúmeros pontos em comum. Os dois buscam a audiência abrangente, em primeiro lugar. Quanto mais crianças e jovens assistirem, melhor. Mesmo com formatos diferentes, ambos foram inspirados em modelos de programas infanto-juvenis que já foram – ou são – produzidos em ambas as emissoras, Rede Globo e TV Cultura de São Paulo. Ambos querem formar o seu público – embora com objetivos diferentes – e usam os mesmos instrumentos na busca da atenção: a fantasia, o fascínio pela TV, as histórias próximas ao cotidiano, a estética de seus cenários, figurinos, cortes de edição, trilha sonora. Não há uma grande preocupação com o lado comercial imediato, embora em ambos os programas ela esteja presente em maior ou menor medida.

Ou seja, tanto *TV Xuxa* quanto *Castelo Rá-Tim-Bum* conjugam aspectos de programas "educativos" e aspectos de programas de entretenimento simples, como o fim em si mesmo, a distração pela distração. Os programas infanto-juvenis trabalham com a experiência do seu público, com os seus valores – que são valores sociais básicos e que podem incitar o conhecimento.

Assim, o que os distingue são as potencialidades de um ou outro de incitar o conhecimento da criança e do jovem ou se restringir à distração momentânea. E essas possibilidades só podem ser analisadas em conjunto com uma série de fatores que se movem na trama social em que estão programas, crianças, jovens, pais, sociedade, televisão, questões socioeconômicas e contexto social.

Pelo que vimos aqui, as possibilidades de programas que seguem modelos como *Castelo Rá-Tim-Bum* incitarem o conhecimento são mais amplas que em programas como *TV Xuxa*. No entanto, fatores socioeconômicos, como a precariedade do ensino médio brasileiro – que não forneceria as experiências e o conhecimento básico para que as crianças pudessem estabelecer um pleno entendimento do programa – podem comprometer o aprimoramento educacional e de aprendizagem esperado do seu telespectador pela proposta de *Castelo*.

Xuxa, por sua vez, contribui para o reforço de determinados valores sociais. Além disso, a brincadeira pela brincadeira, o passatempo, o entretenimento separado do educativo, a distração simples e pura é um direito da infância como outro qualquer. Quem disse que a criança tem de ser "incitada ao conhecimento" em cada ação?

Se há o que questionar em uma Angélica e em uma Xuxa – que, lembremos mais uma vez, cumprem o papel que lhes foi outorgado pela sociedade, por meio de suas opções de modelo de televisão e programação – seria o grande desperdício de carisma e estrutura de produção. Programas comandados por figuras carismáticas como elas poderiam ser tudo o que são hoje e ainda mais educativos.

Se não se espera o exagero de se recriar *TV Xuxa* e outros em programas exclusivamente voltados ao conhecimento que, pelo menos, dessem um pouco mais de espaço às ousadias esporádicas, como o desenho *Ônibus Mágico* e alguns episódios do *Garrafinha* – para utilizar quadros de *Angel Mix* citados aqui –, usando os estreitos caminhos que permeiam a Comunicação – o que fazem com competência – e a Educação – do que, parece, temem em se aproximar, embora sem razão. E, como sabemos, não são caminhos tão distantes assim.

Dessa maneira, o segundo aspecto que devemos reafirmar neste fechamento de trabalho é justamente a proximidade entre Comunicação e Educação, que deve ser mais explorada e apropriada pelos profissionais de ambas as áreas e pelos pesquisadores em ciências humanas em geral. Ainda mais: o ideal seria que essas discussões chegassem à base da sociedade, às escolas e aos seus professores, diretores e alunos, invadissem as associações de pais e ganhassem os quartos de televisão, conversas entre crianças e pais.

As análises realizadas dos principais modelos de programas infanto-juvenis, embora pareçam complexas, podem ser realizadas em relação a qualquer programa, com finalidades diversas como a própria seleção de programação enquanto um método de educação para os meios de comunicação – iniciativa pouco usada nas escolas, mas prioritária nos tempos midiáticos atuais.

O objetivo final é pensar a criança como ser social, próprio, complexo, mas carente de direção. Imaginá-la não como um joguete nas mãos dos adultos da sociedade, mas como participante, atuante, dentro dessa sociedade. A incapacidade dos adultos de entender inteiramente as crianças não pode ser justificativa para enquadrá-las em parâmetros, sobretudo, preconceituosos. Uma vez mais é preciso imaginação para pensá-las, não como adultos em miniatura, apenas mais inocentes e despreparadas – dentro de nossas referências, é claro. Mas pensar as crianças e os jovens como seres apenas diferentes, com referências que podem ser iguais, mas também distintas das dos adultos, e que têm particularidades, desejos, sonhos e percepções diferentes.

É óbvio que são seres em estruturação, há uma área ainda a ser construída e ocupada – mas que será construída e ocupada por nós, pela televisão, pela sociedade, pela escola, pelo colega de sala, pela turma do condomínio, pelas férias na praia ou pela fome e pela violência nas ruas.

A televisão tem a potencialidade de universalizar o imaginário, responder a questões subjetivas com formulações do código social e não contrariar a lógica da realização de desejos, conforme acredita Kehl.

> Quem poderá desencantar esta criança, bela adormecida enfeitiçada pelo espelho que só responde sim às suas tentativas de permanecer onipotente? Quem poderá despertá-la de seu sonho de alienação e devolvê-la ao mundo onde convivem os homens e as mulheres? Um beijo de amor, diz a lenda. (KEHL, 1999, p. 63)

Sem dúvida, um beijo de amor dando às crianças o que elas pedem sem perguntar: referências, direções a ser seguidas, valores, conhecimento, incentivo, experiências, apreensões do mundo que a cerca. Um beijo dado por nós, adultos, pais, professores e todos os que ajudam a povoar o seu mundo antes de entregá-las aos cuidados de *TV Xuxa*, *Castelo Rá-Tim-Bum*, *Cocoricó* e da programação em geral e da sociedade permeada pela TV. Um beijo de amor que, certamente, ajudará a despertá-las, mas que acabará por despertar um pouco mais de nós mesmos também.

Referências

ADORNO, Theodor W. A indústria cultural. In: COHN, Gabriel (Org.) *Comunicação e industria cultural*. São Paulo: T. A. Queiroz, 1987, p. 287-295.

ALVES, Rubem. *Entre a ciência e a sapiência: o dilema da educação*. São Paulo: Loyola, 1999.

ALVES, Rubem. *Filosofia da ciência: introdução ao jogo e suas regras*. São Paulo: Ars Poética, 1996.

ARAÚJO, Carlos A. A. *O Modelo comunicativo da teoria do jornalismo*. Belo Horizonte: FAFICH/UFMG, 1996. (Monografia, Bacharelado em Comunicação Social)

ARAÚJO, Carlos A. A.; MAGALHÃES, Cláudio M. Representações do laço social no universo das HQs. *Geraes – Revista da Comunicação Social*. Belo Horizonte, FAFICH/UFMG – Departamento de Comunicação Social, n. 50, p. 43-53, jun. 1999.

BARTHES, Roland. *O óbvio e o obtuso. Ensaios críticos III*. Rio de Janeiro: Nova Fronteira, 1990.

BRANDÃO, Carlos E.; GHIRALDELLI Jr., Paulo; WANDERLEY, Luiz Eduardo W. *O que é Educação, O que é Pedagogia, O que é Universidade*. São Paulo: Círculo do Livro, 1995.

CARLSSON, Ulla; FEILITZEN, Cecília von. *A criança e a mídia: imagens, educação, participação*. São Paulo: Cortez; Brasília: UNESCO, 2002.

COELHO, Teixeira. *O que é indústria cultural*. São Paulo: Brasiliense, 1996.

CORDELIAN, W.; GAITAN, J. A., OROZCO, G. G. A televisão e as crianças. *Comunicação & educação*. São Paulo, ECA/ECA-USP, n.7, p. 45-55, set./dez. 1996.

COSTA, Bia. Nas cadeiras do auditório. *Tela Viva*. São Paulo, n. 74. p. 40-41, nov. 1998.

CRUZ, Leonardo. Cultura viabiliza a produção de 'Fazendo Rá-Tim-Bum'. Folha de S. Paulo, São Paulo, 14 dez. 1997. TV Folha, s/p.

DECIA, Patrícia. Sem verba. Folha de S. Paulo. São Paulo, 10 mar. 1999. Ilustrada, 4-4.

DEBRAY, Régis. *Curso de midiologia geral*. Petrópolis: Vozes, 1993.

FERREIRA, Aurélio B. H. *Novo dicionário Aurélio da Língua Portuguesa*. 2. ed. Rio de Janeiro: Nova Fronteira, 1986.

FERRÉS, Joan. *Televisão e educação*. Porto Alegre: Artes Médicas, 1996.

FISCHER, Rosa M. B. *O mito da sala de jantar*. Porto Alegre: Movimento, 1984.

FRANÇA, Vera R. V. Comunicação e sociabilidade: o jornalismo mais além da Informação. *Geraes – Revista de Comunicação Social*. Belo Horizonte, FAFICH/UFMG, Departamento de Comunicação Social, n. 47, p. 36-41, jun. 1995.

FRANÇA, Vera R. V. Comunicação, sociabilidade e cotidiano: o fio de Ariadne. In: NETO, A. F., PINTO, M. J. (Org.) *O indivíduo e as mídias*. Rio de Janeiro: Diadorim, 1996. p. 103-111.

FRANÇA, Vera R. V. *Jornalismo e vida social: a história amena de um jornal mineiro*. Belo Horizonte: UFMG, 1998.

GARCIA MATILLA, E. Subliminal: escrito en nuestro cerebro, Madrid, Bitácora, 1990. apud FERRÉS, Joan. *Televisão e Educação*. Porto Alegre: Artes Médicas, 1996.

Globo, Cultura e Band adiam projetos. Folha de S. Paulo. São Paulo, 11 de abr. 1999. TV Folha, p. 9.

GOFFMAN, Erving. *A representação do eu na vida cotidiana*. Rio de Janeiro: Vozes, 1975.

GORDON, George N. *Televisão educativa*. Rio de Janeiro: Bloch, 1967.

GUARESCHI, Pedrinho A. O meio comunicativo e seu conteúdo. In: PACHECO, Elza D. (Org.). *Televisão, criança, imaginação e educação*. Campinas: Papirus, 1998, p. 83-92.

HALL, Stuart. *O papel dos programas culturais na televisão britânica*. Tradução de Vera R. V. FRANÇA. maio 1994 (Mimeo.). (Tradução da UNESCO: Essais sur les mass media et la culture. Paris, 1971. p. 49-62)

KEHL, Maria R. Imaginar e pensar. In: NOVAES, Adauto (Org.). *Rede imaginária: televisão e democracia*. 2. ed. São Paulo: Companhia das Letras, Secretaria Municipal de Cultura, 1999, p. 60-72.

KOENIG, Allen E. HILL, Ruane B. *TV Educativa: presente y futuro*. Buenos Aires: Editora Troquel, 1970.

KUSNET, Eugênio. *O ator e o método*. Rio de Janeiro: Instituto Nacional de Artes Cênicas/Ministério da Cultura, 1985.

LASSWELL, H. A estrutura e a função da comunicação na sociedade. In: COHN, Gabriel (Org.). *Comunicação e indústria cultural.* 5. ed. São Paulo: T. A. Queiroz, 1987, p. 105-117.

LEAL FILHO, Laurindo. *A melhor TV do Mundo.* São Paulo: Summus, 1997. (Coleção Novas buscas em comunicação; v. 55).

LEAL FILHO, Laurindo. *Atrás das câmeras: relação entre cultura, Estado e televisão.* São Paulo: Summus, 1988. (Coleção Novas buscas em comunicação, v. 29).

LEITE, Márcia. Diretrizes e características de programação: teleeducação. In: DE CARLI, Ana Mery S., TRENTIN, Ary N. (Orgs.) *A TV da Universidade.* Caxias do Sul: UCS, 1998. p. 59-63.

LIMA, Jorge C. Modelos institucionais das TVs Universitárias. In: DE CARLI, Ana Mery S., TRENTIN, Ary N. (Orgs.) *A TV da Universidade.* Caxias do Sul: UCS, 1998, p. 20-26.

MATTELART, A e M. *Penser les médias.* Cap 4 a 8. Paris; Éditions La Découvente, 1986. Tradução de Vera L. Westin e Lúcia Lamounier (Mimeo.) (Tradução de Penser les médias, Paris: La Découverte, 1986).

MCLUHAN, Marshall. *Os meios de comunicação como extensões do homem.* 4. ed. São Paulo: Cultrix, 1974.

MEIRELES, Fernando. A infância consumida. In: NOVAIS, Adauto (Org.) *Rede imaginária: televisão e democracia.* 2. ed. São Paulo: Companhia de Letras, 1999, p. 263-267.

MOREIRA, Ricardo. Programas investem em bonecos. Folha de S. Paulo, São Paulo, 15 nov. 1998. TV Folha, p. 6 e Bonecos ganham status de estrelas de programas. Hoje em Dia, Belo Horizonte, 29 nov. 1998. Tevê, p. 16.

PACHECO, Elza D. (Org.). *Televisão, criança, imaginação e educação.* Campinas: Papirus, 1998.

PALACIOS, Marcos. A sociabilidade, o lúdico, o cotidiano e a festa: visita e duas matrizes teóricas. *Geraes – Revista da Comunicação Social*. Belo Horizonte, FAFICH/UFMH, Departamento de Comunicação Social, n. 48, p. 12-18, 1997.

PENTEADO, Heloísa D. *Televisão e escola – conflito ou cooperação*. São Paulo: Cortez, 1991. (Coleção educação contemporânea).

PHILLIPS, JR. John L. *Origens do intelecto: a teoria de Piaget*. São Paulo: Nacional, Ed. da USP, 1971.

QUÉRÉ, L. *D'un modèle épistémologique de la communication á un modèle praxéologique*. Tradução Vera L. Westin e Lúcia Lamounier. (Mimeo.) (Tradução de d'un modèle épistémologique de la communication á un modèle praxéologique. Reseaux, Paris: Tekhe, no. 46/47. Paris: Tekhe, mar-abril 1991)

ROCCO, Maria T. F. Produção para crianças no cotidiano da TV e o cotidiano das Práticas socioculturais de recepção: um diálogo em novos termos. In: PACHECO, Elza D. (Org.). *Televisão, criança, imaginação e educação*. Campinas: Papirus, 1998. p. 125-133.

RODRIGUES, Adriano. *Comunicação e cultura. A experiência cultural na era da informação*. 1. ed. Lisboa: Presença, 1994.

RODRIGUES, Ricardo. Xuxa e a sensualidade na programação infantil da TV brasileira. *Symposium. Revista de Humanidades, Ciências e Letras*. Recife: Unicap, v. 35, n. 1, p. 26-37, jan./jun. 1993.

SANT'ANNA, José P. Muda hábito de consumo e lazer das famílias. Meio & Mensagem, São Paulo, 2 jun. 1997. Indicadores, p. 28-29 e 38

SAVIANI, Demerval. *Escola e democracia: teorias da educação, curvatura de vara, onze teses sobre educação e política*. 3. ed. Campinas:

Autores Associados, 1997. (Coleção polêmicas do nosso tempo, v. 5).

SOARES, Luiz E. *O rigor da indisciplina*. Rio de Janeiro: Relume Dumará, 1994.

TAHARA, Mizuko. *Contato imediato com a mídia*. 4. ed. São Paulo: Global, 1991.

THOMPSON, John B. *Ideologia e cultura moderna*. Petrópolis: Vozes, 1995.

VASCONCELOS, Gilberto F. *O cabaré das crianças*. Rio de Janeiro: Espaço & Tempo, 1998.

VIGOTSKI, L.S. *Pensamento e linguagem*. Martins Fontes: São Paulo, 1996.

VIGOTSKI, L.S. *A construção do pensamento e da linguagem*. Martins Fontes: São Paulo, 2001.

WEAVER, W. A teoria matemática da comunicação. In: COHN, Gabriel (Org). *Comunicação e industria cultural*. São Paulo: T. Queiroz, 1987, p. 25-37.

WOLF, Mauro. *Teorias da comunicação*. 4. ed. Lisboa: Presença, 1995.

WOOD, David. *Como as crianças pensam e aprendem*. São Paulo: Martins Fontes, 1996. (Psicologia e pedagogia).

QUALQUER LIVRO DO NOSSO CATÁLOGO NÃO ENCONTRADO NAS
LIVRARIAS PODE SER PEDIDO POR CARTA, FAX, TELEFONE OU PELA INTERNET.

✉ Rua Aimorés, 981, 8º andar – Funcionários
Belo Horizonte-MG – CEP 30140-071

📱 Tel: (31) 3222 6819
Fax: (31) 3224 6087
Televendas (gratuito): 0800 2831322

@ vendas@autenticaeditora.com.br
www.autenticaeditora.com.br

ESTE LIVRO FOI COMPOSTO COM TIPOGRAFIA BASKERVILLE 10/13,5
E IMPRESSO EM PAPEL OFF SET 75 G. NA GRÁFICA DEL REY.
BELO HORIZONTE, JUNHO DE 2007.
